Libertei-me por Amor...

Ainda que eu fale a língua dos homens e dos anjos, se não tiver amor, serei como o bronze que soa ou como o címbalo que retine. Ainda que eu tenha o dom de profetizar, e conheça todos os mistérios e toda a ciência; ainda que eu tenha tamanha fé, ao ponto de transportar montes, se não tiver amor, nada serei. E ainda que eu distribua todos os meus bens entre os pobres, e ainda que eu entregue o meu corpo para ser queimado, se não tiver amor, nada disso me aproveitará. O amor é paciente, é benigno. O amor não arde em ciúmes, não se ufana, não se ensoberbece. Não se conduz inconvenientemente, não procura os seus próprios interesses, não fica ciumento, não exaspera, não se ressente do mal. Não se alegra com a injustiça mas regozija-se com a verdade. Tudo sofre, tudo crê, tudo espera, tudo suporta. O amor jamais acaba; mas, havendo profecias, cessarão; havendo ciência, passará; porque, em parte, conhecemos e, em parte, profetizamos. Quando, porém, vier o que é perfeito, então, o que é em parte será aniquilado. Quando eu era menino, costumava falar como menino, pensar como menino, raciocinar como menino; quando cheguei a ser homem, desisti das coisas próprias de menino. Porque, agora, vemos como em espelho, obscuramente; então, veremos face a face.

Agora, conheço em parte; então, conhecerei como também sou conhecido.

Agora, pois, permanecem a Fé, a Esperança e o Amor, porém, o maior destes é o

Amor.

1ª Coríntios 13

Prefácio

A procura de sentidos no interior de si próprio, movida por uma tenacidade dolorida, acompanha a personagem principal da narrativa que se segue. Cativo de uma angústia e de uma mágoa que não consegue dominar, Rafael protagoniza cada ser que anseia pela partilha e cumplicidade com outro ser, embora negando essa ânsia à medida que levanta barreiras à intimidade do convívio com outras pessoas, procurando deste modo proteger-se do sofrimento. Caminhar em sentido contrário ao do amor torna-se uma constante diariamente, condenada à falsa sensação de auto-suficiência. Através desta ambivalência esboça-se a procura do ideal de amor e da ideia que dele fazemos. A luta pela certeza no domínio da afectividade, pela verdade genuína, pela confiança merecida, em suma, pelo controle do que é sensação e sentimento, assume-se como objectivo vital. Todavia, não é esta racionalização e tentativa de controle do que é sensível que levam a melhor, pois, como diria Fernando Pessoa: se o coração pensasse... parava. É, por conseguinte, na contraposição de sentidos vários, com que nos deparamos na experiência de cada dia, e no fluir dos sentimentos em nós que reconhecemos e nos identificamos com o sentir que melhor nos traduz. Aqui fica o convite, caríssimo leitor, a acompanhar o olhar de Rafael, os seus desencontros e as suas descobertas, as suas derrotas e as suas vitórias, e afinal o encontro de si próprio, pela mão de Miguel Ângelo, cujo contributo veio tornar mais rico de significado o mundo ficcional do romance e o universo de cada leitor.

Bem haja

Délia Resendes de Sousa

Nota de abertura

Nas nossas vidas por vezes acontecem imprevistos e somos, muitas vezes, confrontados com o inevitável. E o inevitável não se evita; enfrenta-se... Cabe a cada um de nós saber lidar com isso. Esse livro conta a história de um escritor de sucesso mas que não é feliz, embora tenha tudo para o ser. Perdeu aquela que mais amava na vida num brutal acidente de viação. Ele marcara um encontro com ela e, infelizmente, morreu pelo caminho. E ele culpa-se pela sua morte. Fecha o seu coração a sete chaves e atira as chaves para bem longe. Seu nome era Sofia... Volvidos cinco anos após a morte de Sofia, um inspector da Polícia Judiciária, amigo de Rafael, o escritor, descobre um pormenor, no mínimo incomodativo, sobre a morte dela. Ela havia se suicidado… Simulou o acidente de viação para encobrir o seu suicídio. Logo a culpa da morte dela era dela e não dele. Será que ele irá conseguir se libertar daquela sua suposta culpa?... Irá ele ser capaz de amar de novo?... Será aquele trauma forte o suficiente para o fazer nunca mais amar ninguém?... Ou será que irá encontrar alguém disposta a contrariar isso?... E, se encontrasse, qual seria a sua reacção?... Seria Rafael capaz de apagar o nome de Sofia de seu coração para gravar outro nome em seu lugar?... Será ele capaz de se libertar?... Será ele capaz de voltar a amar?... Entre nessa viagem comigo ao coração de um homem perdido por amor, magoado pela dor, e que apenas se libertou porque um dia voltou a amar de novo. Quantas vezes temos desilusões amorosas tão fortes que até chegamos a pensar que não vamos conseguir sobreviver sem aquela pessoa?... Quantas vezes pensamos nunca mais sermos capazes de voltar a amar?... Esse livro vai ao encontro dessas dúvidas e as desfaz mostrando que só, e apenas, o Amor tem poder para nos libertar de tudo... Mesmo de outro Amor, pois o amor nos faz viver, sermos felizes, e permite que a vida e o universo, e tudo o que nos rodeia, continuar a existir.... Afinal foi por Amor que Deus nos fez, por Amor nos perdoou, e continua a perdoar, por Amor nos salvou, e por Amor nos libertou... E é assim pois o Amor liberta... Venha conhecer comigo a história de Rafael, Sofia e Júlia. O Amor enfrenta a dor. Quem sairá vencedor?... Vem e descobre a resposta. Pode ser que essa resposta seja a resposta que tanto procuras, ou apenas a resposta a alguma dúvida sua. Só há uma maneira de saber... Schiuuu... Vem... Entra...

Zeca Soares

Lisboa. Estávamos no Inverno de 1994. O Natal aproximava-se a passos largos. Lá fora a euforia pré natalícia, com toda a gente a correr de loja em loja, comprando presentes e ofertas e ultimando os preparativos para o Natal que se aproximava. Cá dentro, afastado de tudo e de todos, estava Rafael. Rafael tinha 35 anos, vivia sozinho desde que saíra de casa aos 16 anos, dia esse que se encontrava tão distante para Rafael que já nem se lembrava do motivo que o havia forçado a sair de casa. Tinha vivido sozinho todos aqueles anos. Realizara um sonho duma vida: Era escritor. Vivia bem, tinha casa, carro, e um pequeno apartamento. Casa de passar Verão no campo, uma boa conta bancária... Enfim, tinha tudo o que era suposto ter para ser feliz. Mas Rafael não o era. Estava a pagar o preço da sua solidão escolhida e sabia disso. Já não sabia o que era ser feliz há muitos anos. Tinha saído de casa muito cedo, criou-se sem amor de pai nem mãe, e nem de amigos, pois passava a vida a trabalhar e os anos passaram-se sem que Rafael se apercebesse. Escolheu a escrita como fuga à sua solidão escolhida. E agora ali estava ele: Um escritor de sucesso, que não era rico mas que vivia relativamente bem, mas que vivia sozinho e em que a escrita já não preenchia o vazio em que ele vivia. E mais um Natal se aproximava. E mais um Natal sozinho ele passaria. Rafael suspirou fundo, abriu a janela e olhou o horizonte. O sol já se ponha. Rafael tinha passado mais uma tarde a escrever. Estava a escrever o seu novo romance. O seu último romance tinha sido um sucesso em São Paulo e em Lisboa. Rafael trabalhava para duas grandes editoras: uma em São Paulo e outra em Lisboa. Por vezes publicava livros diferentes, de editoras diferentes, em países diferentes e tudo isso no mesmo mês. Rafael estava cansado. Sabia que precisava dumas férias mas sempre as adiava eternamente. Pelo menos, enquanto escrevia não estava tão sozinho ou, pelo menos, não se sentia tão só. E, lutando contra a sua própria solidão, resolve sair. Apenas daria uma volta antes de jantar e voltaria a casa num abrir e fechar de olhos. Apenas seria o tempo suficiente para que esse "abrir e fechar de olhos" fosse reconfortante, e relaxante, o suficiente para que, depois de jantar, pudesse voltar a escrever. Em paz. Só queria paz. Vivia sozinho mas não tinha paz. Alguma coisa o revolvia no seu íntimo mas Rafael não sabia bem o quê... Sentia que faltava alguma coisa... Para Rafael era muito difícil, senão doloroso demais até, admitir que estava carente. Carente?!... Nunca!... Vivia bem, tinha casa, carro, apartamento, casa de passar Verão, uma boa conta bancária, e sentia-se realizado profissionalmente, logo nunca se poderia sentir carente. Ou, pelo menos, era assim que pensava. Mas seria assim que sentia?... Será que não se sentia, realmente, só e carente e a aparente segurança demonstrada por Rafael não seria apenas uma fachada como defesa a uma carência disfarçada?... Inconscientemente Rafael sabia disso. Conscientemente estava prestes a descobrir isso.

*

Saiu com o seu carro e conduziu sem destino. Estava frio. Muito frio. Rafael ligou o aquecedor do seu carro e pôs-se a ouvir **Norah Jones** no seu CD. O frio era imenso lá fora e o vento soprava de tal forma que arrepiava a alma. Dentro do seu carro, Rafael ouvir *"Sunrise"* de **Norah Jones** e afundou-se em seus pensamentos. A chuva caía cada vez mais forte. E Rafael conduzia. Conduziu mais de duas horas seguidas. Até que decidiu parar para tomar qualquer coisa antes de voltar a casa para jantar. Entrou no primeiro bar que viu. Já passava um pouco das nove da noite, o bar estava silencioso, sem ninguém, quase sem luz, apenas com velas em forma de coração em todas as mesas e alguns pauzinhos de incenso espalhados estrategicamente pelo bar. O ambiente agradou-lhe e Rafael pensou não voltar a casa para jantar mas sim ficar por ali mesmo. Sentou-se, pediu um café, e, enquanto esperava, abriu o seu portátil. Rafael levava-o para onde quer que fosse... (*não fosse surgir alguma ideia de repente, quem sabe?...*) Também não tinha pressa. Não tinha para onde ir nem ninguém à sua espera. E decidiu ficar mais um pouco por ali mesmo e, já que iria ficar, resolveu escrever qualquer coisa. Abriu um ficheiro e quando já se preparava para começar a escrever, eis que chega o seu café.

- Boa noite, o seu café. Deseja mais alguma coisa?...
- Não, obrigado. Por enquanto, é só.

Rafael começa a escrever e, passados apenas alguns minutos, sentiu que estava sendo observado. Mas aquela sensação não tinha lógica de existir, afinal ele estava sozinho no bar. Ou, pelo menos, pensava ele. Interrompeu os seus pensamentos e voltou a escrever. Mas, de novo, voltou a sensação de estar sendo observado. E olhou, duma forma muito discreta, por cima do seu ombro direito. E viu que, na outra ponta do bar, alguém lia um livro. Esse alguém estava só. Como pessoa, e como escritor, ele sabia o que era estar só. Como homem não conseguia compreender como uma mulher tão linda poderia estar tão só. Ou, pelo menos, aparentava, estar. Mas voltou-se para o portátil e recomeçou a escrever. Passaram-se mais alguns minutos e começou a dar no bar, como música de fundo, a mesma balada de *Norah Jones* que Rafael havia ouvido momentos antes no seu carro, enquanto vagueava perdido por aí. O mesmo CD. A mesma balada. E voltou a mesma melancolia. Até que o empregado do bar dirigiu-se a Rafael e…

- Desculpe o incómodo senhor mas pediram-me que lhe entregasse isso...

E entrega-lhe um pedaço de papel rosa dobrado em forma de triângulo.

Exalava um agradável perfume do pedaço de papel.

Abriu com cuidado e apenas dizia isso:

A música é para si. Perca-se na magia da voz de **Norah Jones**. *É uma justa homenagem que lhe faço por me ter feito perder no seu último romance. E por me ter encontrado no final do mesmo. Espero um dia amar assim...*

Com estima de sua "amiga" e admiradora

Júlia

Rafael, apesar de estar acostumado a ser abordado por fãs e admiradoras, ficou sem saber o que fazer. Nem o que dizer. Se respondesse poderia parecer exibicionismo. Se não o fizesse, pareceria arrogância. E resolve responder. Mas decide responder da mesma forma. E escreve num pedaço de papel:

"Obrigada pela música e pelo elogio. Quanto ao "amar assim", não se iluda. Seja real e não sofra. "Amar assim" só mesmo em livro ou em filme. Só mesmo em ficção. Viva o momento e seja feliz...
Rafael

Dobrou o papel em quarto partes e fez chegar às mãos de Júlia, através do empregado do bar, com a desculpa de lhe levar uma bebida da parte dele como sinal de agradecimento. Júlia sorriu e abriu o bilhete. Começava a gostar daquele joguinho que mais parecia um "namoro às antigas" do que propriamente uma conversa entre estranhos. Simplesmente perdeu o sorriso ao ler o bilhete. Com que então Rafael pensava que o verdadeiro amor só se poderia viver em livro ou em filme?... Não fazia sentido. Afinal ela julgava conhecer a alma e coração de Rafael - (afinal já tinha lido todos os livros dele...) - e ele não era assim. Ou, se calhar, o escritor era assim. E

Rafael, como homem, era diferente. Será que era possível a Rafael, sendo homem acima de tudo, conseguir separar-se do escritor?... Ou será que, como escritor, ele mostrava o homem que não conseguia ser no seu dia a dia?... Afinal Rafael acreditava, ou não, no amor?... Entretanto Rafael fecha seu portátil, paga a sua conta e prepara-se para sair. Levanta-se. Ela também. Ele dirige-se à porta. Ela a ele. Encontram-se a meio caminho e ...

- *Desculpe senhor Rafael mas preciso de lhe fazer uma pergunta. Posso?...*
- *Se retirar o "senhor", pode-a fazer...*
- *Então, é assim Rafael ... Como escritor como podes defender um tipo de amor que, como homem, não acreditas que existe?...*
- *Nunca disse que não acreditava. Não acredito é que possa amar de novo. Não "assim". Não "daquela maneira". "Amar assim" é amar duma forma perfeita. E o amor perfeito não existe, pois o amor perfeito só existe quando acaba.*
- *Não percebi?!...*
- *E eu não a posso forçar a perceber...Cada pessoa, na sua vida, tem um caminho diferente de todas as outras pessoas. Mas todos esses caminhos diferentes vão levar ao mesmo lugar. Cada pessoa persegue o seu caminho ao seu ritmo. Se calhar ao ritmo em que anda, ainda não lhe dá para perceber isso, mas sei que um dia irá perceber...*
- *Um dia?!...*

- Sim, um dia... E nesse dia irá lembrar-se de mim e dessa conversa e finalmente irá se convencer que nada acontece ao acaso. Nem mesmo essa conversa.

- Então, porque acha que estamos a ter essa conversa?...

- Não sei... Cabe a cada um de nós descobrir... Se estamos a ter essa conversa nesse momento é porque não teria lógica nenhuma tê-la noutro momento com outra pessoa qualquer mas sim contigo nesse preciso momento.

- Acreditas no destino?...

- Sim e não... Sim, porque ele existe e a existência dele depende de ti e só de ti...Tu o traças a cada dia consoante o caminho que percorres e o percurso que fazes. Por isso não acredito que ele seja traçado à nascença. Tu o fazes acontecer a cada dia. Com cada opção que tomas. Com cada caminho que segues. Com cada lágrima que deixas cair. Com cada sorriso que teimas em deixar. Com cada viagem que fazes. Com cada despedida que tens. Com os pensamentos que levas. Com as saudades que carregas. Com a dor que trazes... Esse é o teu caminho e ele não te é impingido, mas sim escolhido, e conseguido, única e exclusivamente por ti.

Júlia ficou perplexa com tudo aquilo e apenas lhe disse em jeito de despedida:

- Sinceramente, como Homem e como Escritor vês o Amor de formas diferentes?...

- Não sei... Porque não descobres isso por ti?...

Agora era Júlia que não sabia o que fazer. Nem o que dizer. Apenas balbuciou qualquer coisa como:

- *E como faço isso?...*

- *Não sei... Se calhar a "descoberta" desse caminho é o caminho para uma "descoberta" maior... A "descoberta" do amor... Quem, sabe?...*

Júlia ficou sem saber o que pensar nem o que dizer. E, mesmo sem pensar, respondeu:

- *Quem sabe...*

E instalou-se entre os dois um silêncio sepulcral durante alguns segundos. Segundos suficientes para ficarem, (desta vez eram os dois...), ambos sem saberem o que fazer. Nem o que dizer. E simplesmente nada disseram. E simplesmente nada se passou... E quando o silêncio já se tornava brutalmente constrangedor, ela ganhou coragem e disse-lhe:

- *Tenho de ir Rafael mas adorei essa pequena conversa contigo. Um dia desses, gostava de continuá-la, se possível.*

Ao que Rafael nem hesitou e puxou da sua carteira, e entregou-lhe, o seu cartão pessoal. E partiu... Rafael voltou a casa, tomou um duche, preparou uma refeição rápida, e refugiou-se no seu escritório. E pôs-se a escrever pela noite dentro. E a noite passou. E as noites passaram. E os dias também. E Rafael nunca mais viu Júlia. E Júlia nunca mais falou com Rafael. Mas ela tinha gostado da conversa. Deveria estar prestes a telefonar. Ela telefonaria de certeza. E se não telefonasse, como iria vê-la de novo?... De repente, lembrou-se que não tinha nenhum contacto dela. Mas não ficou em pânico. Nem tinha motivos para ficar. Ou, pelo menos, pensava assim... Entretanto os dias passaram-se e Júlia consultou várias vezes o site dele - (vinha o endereço no cartão...) - leu de novo alguns excertos de todos os seus livros, enfim julgava agora conhecê-lo, e ao mundo dele, um pouco melhor. Ou, pelo menos, pensava assim... A saudade batia forte, mas ela não sabia se devia, se podia... Mas ela podia... Afinal ele tinha-lhe dado o seu número, mas então porque hesitava ela tanto em lhe telefonar?... Talvez porque, inconscientemente, pensasse que ele apenas lhe dera o seu número numa tentativa de ser agradável mas nunca, mas mesmo nunca, para ser incomodado. E como pensava que iria incomodar, ela nunca telefonava. E como ela nunca telefonava, Rafael sentia-se cada vez mais incomodado. Era muito incómodo para dois estranhos. E Rafael decide voltar ao bar onde ele a conheceu numa tentativa desesperada de a (re) encontrar. Mas ela lá não estava. Ou, pelo menos, pensava ele... E pensava assim porque olhou para a mesa onde ela estava sentada quando a viu pela primeira vez. E não olhou para a mesa onde ele próprio havia estado sentado, e era precisamente lá onde ela estava.

- *Júlia?...*
- *Rafael...*

Entreolharam-se em silêncio durante breves segundos e ...

- *Senta-te Rafael... Acompanhas-me no café?...*
- *Pode ser...*

O empregado serviu-lhe e...

-*Pensei que não te via mais. Nunca telefonaste...*
-*Fazias questão?...*

Rafael ficou sem saber o que dizer mais uma vez. Se dissesse que sim, ela iria querer saber o motivo. Se dissesse que não, seria estupidez da sua parte. Mas finalmente disse:

- *Deixámos uma conversa a meio e, como a querias continuar, pensei que fosses telefonar. Mesmo que eu te quisesse telefonar não sabia, nem sei, o teu número.*

- Olha, aqui tens.

E deu-lhe o seu cartão… Júlia era professora primária e, como era muito desgastante o seu trabalho, todos os dias antes de jantar ela ia ali tomar café. Relaxava, lia um pouco, enfim... descontraía.

-Da próxima vez não tens desculpa.

-Próxima vez?!...

-Sim. Porque não?...

-A gente conhece-se tão pouco...

-Isso não é desculpa para não se iniciar uma boa amizade. Se toda a gente pensasse assim...

-Sou reservado por natureza. Sou escritor, lembras-te?...

-E como a tua família lida com toda essa tua reserva?...

-Família?!... Palavra estranha para mim...

-Estranha?!...

-Sim!... Talvez porque a tivesse tido durante muito pouco tempo. Saí de casa aos dezasseis anos e desde então vivo sozinho. Já conto trinta e cinco anos e sempre vivi assim. Lutei para sobreviver. Lutei pela minha independência e muito mais para ser escritor. E daí em diante, e piorou muito mais depois de começar a publicar. Nunca mais tive tempo para namorar, casar, formar família, enfim...

-E arrependes-te por isso?...

-Não é que me arrependa mas digamos que as coisas poderiam ter sido muito diferentes.

-Diferentes?!...

-Sim. Amei muito alguém mas não quero falar nisso. Nem agora nem nunca.

-Ah! Agora percebo porque disseste no nosso primeiro encontro que acreditas no amor, só não consegues acreditar que possas amar de novo... Foi alguma desilusão amorosa?...

-Júlia... Eu disse que não queria falar disso nem agora nem nunca.

Rafael ficou completamente diferente. Sua expressão ficou completamente fria, com um olhar vazio e distante...

-Tenho de ir. Até um dia desses Júlia...

-Rafael?!... Desculpa... Não precisas ir-te embora...

- Acredita que preciso. Mais do que tu pensas...

Voltou-se e partiu… Júlia sentiu que tinha tocado nalguma ferida de Rafael. Uma ferida profunda. Algo que Rafael preferia não lembrar. Algo que ainda doía muito. Poderia ser uma ferida recente, ou algo, bem pior, uma mágoa do passado. Júlia agora fazia questão de descobrir o que se passava, ou o que se tinha passado. Nem ela sabia o porquê. Apenas sabia que precisava descobrir. Até pensou telefonar-lhe mas decidiu esperar um dia ou dois até que a poeira assentasse…

*

Os dias passavam-se a passos largos e Rafael passava os dias a escrever. Magoado por Júlia ter tocado "naquele" assunto, Rafael escrevia numa tentativa desesperada de ocupar a mente simplesmente para não ter de pensar. Alguém que ele amara muito no seu passado morrera num acidente de viação enquanto se dirigia em direcção a um bar para se encontrar com ele. Rafael nunca se perdoou por ter marcado aquele encontro. Ele sabia que não tinha culpa nenhuma por ter acontecido aquele acidente mas talvez se ele não tivesse marcado aquele encontro, nada daquilo tivesse acontecido. Porquê?... Porquê?... Rafael simplesmente não conseguia se perdoar. Os dias passavam-se. Veio o Natal, o Ano Novo, e Rafael continuava preso aos seus papéis. Perdido na escrita, esquecido de si... Os telefonemas de Júlia acumulavam-se no atendedor de chamadas mas Rafael insistia em refugiar-se no seu mundo e esconder-se em sua concha. Júlia não conseguia perceber porque Rafael tinha ficado tão magoado naquela noite. Afinal ela não tinha culpa das mágoas dele. Ela só estava tentando ajudar. Mas uma vez que ele não queria não só desabafar como também não queria falar com ela, ela decidiu ficar em silêncio durante alguns dias e afastar-se. Talvez ele precisasse de algum espaço para poder respirar. Decididamente, Rafael precisava, acima de tudo, respirar. Os dias passaram-se e as semanas também. Numa noite fria de Fevereiro, Rafael sentindo-se demasiado só, resolve telefonar a Júlia…

- *Sim, Júlia?...*

- *Sim?...*

- *Dá para nos encontrarmos para tomarmos um café?... Precisamos falar os dois nem que seja para te explicar esse meu silêncio...*

- Já estranhava tanto silêncio da tua parte... Mas como és escritor, pensei que fosse normal esses teus "períodos de ausência".

- Acima de tudo sou um Homem. Primeiro vem o Homem para depois vir o Escritor. E, nesse momento, o Homem precisa de desabafar...

Encontraram-se um pouco depois no café do costume e Rafael explicou-lhe o porquê da sua ausência. Uma ausência forçada para poder evitar falar "naquele" assunto. Júlia era de opinião que quanto mais ele se afastasse do problema mais o problema o perseguiria. Mas mesmo depois de lhe ter tido que precisava desabafar, Rafael continuou em silêncio durante quase toda a conversa. Mais parecia um monólogo de Júlia do que propriamente um diálogo entre os dois. E Rafael nunca desabafou. Até que...

- Então, Rafael, tens mesmo a certeza que não queres desabafar?...

- Sim, tenho. A sério!...

- Vou reformular a pergunta: Tens mesmo a certeza que não precisas desabafar?...

- Sei que preciso mas não quero. Não posso. Não devo...

- Não podes?... Não deves?... E o que queres, não conta?... Tudo isso não serão desculpas para não teres de enfrentar isso?...

- Talvez. Mas não é o momento certo. E, se repararas Júlia, não nos conhecemos assim tão bem ao ponto de me sentir à vontade contigo para desabafar algo tão íntimo, tão pessoal, percebes?... Sei, e sinto, que posso confiar em ti, e tanto é que eu é que tomei a iniciativa de marcar esse encontro porque precisava, preciso mesmo, de desabafar e achei seres a pessoa certa para isso. Não me perguntes porquê. Apenas sei que és... Mas agora contigo à minha frente, e olhando no fundo dos teus olhos, torna-se tudo muito mais difícil, entendes?...

- Percebo. O que não deixa de me magoar mesmo sabendo isso. És uma pessoa muito inteligente e um ser humano muito querido, mas sinto que também és muito distante, por vezes com um olhar tão vazio como que se te lembrasses dum passado tão presente, duma dor tão real...

- Schiuuu... Por favor, não!...

Instalou-se entre eles um silêncio abismal que demorou durante alguns segundos. O tempo suficiente para ambos perceberem que se estava a tornar rotineiro aquele tipo de situação. Encontravam-se, tomavam café juntos, falavam até chegar ao ponto de Rafael se sentir "ameaçado" e simplesmente ir-se embora…

- Tu é que sabes... Apenas queria, e quero, ajudar-te. Seja qual for o problema,

trauma, ou o que quiseres lhe chamar, enquanto não enfrentares isso, isso nunca

passará. Tens de ultrapassar isso, seja lá isso o que for...

- Eu sei, a merda é que sei isso. Mas ainda não estou preparado para enfrentar isso, e

isso, também eu sei. Mas não querendo ser estúpido, nem querendo correr o risco de

parecer ser frio, vou ter mesmo de ir...

Pagou a conta, despediu-se e partiu... Júlia reparou que Rafael, ao puxar a a sua

carteira, tinha deixado cair uns papéis. Chamou Rafael mas este já havia arrancado com

o carro tal era a pressa de se ir embora, como que se fugisse mais uma vez "daquele"

problema. Simplesmente Rafael não a ouviu. Ela sabia que não devia abrir aqueles

papéis e os ler mas a curiosidade falou mais alto e ela acabou mesmo por o fazer. Abriu

um à sorte e leu:

Crónica de um sábado esquecido…

E aqui estou eu sozinho, num sábado à noite, sentado numa mesa esquecida, no canto de um bar que não conheço, num sítio qualquer… É apenas mais um sábado à noite… Não vou para discotecas nem para a "night", como costumam dizer… Daqui a pouco vou para casa, deitar- me na minha cama, e ao fechar os meus olhos, vou mais uma vez entrar no "meu mundo". No "meu infinito"… E o "meu infinito" não é um infinito qualquer. É o "meu" infinito. Um mundo infinitamente sensível e onde a liberdade está ao alcance de qualquer um… Um mundo onde não há guerra, não há dor, nem mágoa, nem Amor… Simplesmente a ausência dos sentidos… Para quê sentir, se é no sentir que está o sofrer?… Para quê sofrer, se é nele que se encontra a dor?… Para quê senti- la, se é ela que nos traz a mágoa?… E com a mágoa, vem o desalento, a apatia, a vontade de não mais viver… E essa vontade é pior do que morrer… E essa vontade só se encontra na vossa realidade, pois na minha realidade, simplesmente a realidade não existe…Simplesmente existe sim, a irrealidade do existir, do sentir, do sofrer… E é nesse mundo em que eu vivo, em que eu me refugio, e é para lá que vou sempre que escrevo, pois escrevo, sem pensar e sem sentir… Já Fernando Pessoa dizia que "pensar é não existir" e que "sentir é estar distraído". Concordo plenamente... Porque quando penso deixo de existir na vossa realidade, para entrar num mundo que só eu conheço, e na ausência dos sentidos não se pensa. Apenas se É... É o ser-se SER na sua plenitude... Lá apenas SOU e não penso... Mas lá também não sinto, pois se sentisse estaria distraído pensando em algo que me faria sentir...E eu não sinto nem penso...Apenas Sou... Sou o Ser que não é Ser... Sou a existência inexistente, sou a inexistência presente... aqui, agora... nessa mesa, nesse canto desse bar que não conheço, num sítio qualquer... Sou a vibração duma energia que já não é, que já não existe, e que apenas se limita a ser...O ser e o não ser...A existir e a não existir... Um ser que não pensa, que não sente, e apenas é o que não sou...ou seja, nada! E é esse nada que quero sempre, e eternamente, ser... O tudo e o nada...O despojamento total de tudo o que é suposto existir... A presença banal, e extremamente reconfortante, de ser o que não sou... O nada, o inexistente, e o tudo que guardo em minha mente... E é por pensar no que não penso, e sentir o que não sinto, que sou o que não sou e que mostro o que sou, ao escrever nesse pedaço de papel, numa mesa esquecida, num canto de um bar que não conheço, num sítio qualquer... Apenas sou o que não sou e que nem gostaria de ser... Apenas sou...

Ficou muito confusa depois de ler aquilo mas deu para perceber que Rafael era uma pessoa muito solitária e carente. E que sentia muito perdido no meio de tanta solidão e carência. E que, com isso, vinham as suas dúvidas existenciais. Ou seja, Rafael precisava de achar algo que desse sentido à sua vida. Algo que preenchesse o seu vazio existencial. Uma razão de viver. Algo que Rafael não tinha. Ou então, Rafael já tinha tido essa razão e, por algum motivo, a tinha perdido. Terá sido a tal pessoa que ele amara?... Claro que sim! Só poderia ser... Só havia algo que Júlia não compreendia. Por mais forte que tivesse sido esse amor, e uma vez que ele tinha acabado, porque razão não foi Rafael capaz de superar isso e seguir em frente?... Será que o amor não tinha sido forte o suficiente ou teria sido a razão da separação mais forte do que o amor?... Era uma possibilidade. Sim. Era uma forte possibilidade. Apenas precisaria de descobrir o porquê daquele amor não ter durado. Ela sabia, no seu íntimo, que se descobrisse isso, ela perceberia o porquê de Rafael ter posto umas grades à porta do seu coração. E porque ainda hoje ele teimava em não abrir essas portas a mais ninguém. Dava para perceber que ele havia atirado para bem longe essas chaves. Quase que tentando, desesperadamente, que ninguém as conseguisse alcançar. Talvez ele achasse que não merecia ser mais feliz. E talvez por isso não queria que ninguém tivesse a oportunidade de abrir as portas do seu coração. Dava a sensação que ele se auto mutilava emocionalmente. Rafael, decididamente, achava-se culpado por ter perdido aquele amor. Perdida em seus pensamentos, Júlia ficou lá no café mais um pouco tentando organizar as suas ideias. Tentando achar uma razão. Mas claro que isso era impossível assim de repente. Decidiu voltar para casa. Enquanto conduzia em direcção a casa, Júlia pensava o quanto gostaria de confrontá-lo com aquela carta. Mas também sabia que não o poderia fazer pois se o fizesse, Rafael poderia não gostar do facto dela a ter lido. Poderia achar um abuso de confiança por parte dela. E ela não estava em posição de arriscar tanto por tão pouco. O que faria?... Júlia sentiu-se, por uma fracção de segundos, entre a espada e a parede. Entretanto Rafael havia chegado a casa e apenas pensava porque lhe incomodava tanto Júlia. Sim, ela era linda com seus cabelos compridos, sua pela morena e seus olhos rasgados. Tinha um corpo escultural típico duma mulher da idade dela. Mas ele achava que isso não era o suficiente para o incomodar. Mas o facto é que incomodava. Só não sabia o porquê. Rafael havia feito uma promessa a si próprio. A de nunca mais amar ninguém. O que não quer dizer que ele fosse capaz de cumprir isso. Conscientemente ele achava-se incapaz disso. Inconscientemente ela começava a apaixonar-se por Júlia e a contrariar, precisamente, isso. Iria Rafael assumir isso ou lutar contra si próprio para esconder, e superar em silêncio, isso?... Teria forças para tanto?... Nem ele sabia o que pensar. Quanto mais o que haveria de sentir. E resolve deitar-se e dormir… A mesma sorte não teve Júlia pois simplesmente antes de se deitar, leu a carta mais uma vez e havia algumas partes da mesma que a incomodavam bastante. Ele refugiava-se no *"seu mundo"* e lá não existia o Amor. Apenas a "ausência dos sentidos". Porque razão ele havia tido a necessidade de ter criado uma realidade paralela em que não necessitasse sentir nem sequer amar?... Que raio lhe teria acontecido para ter tanta aversão ao Amor?... Um sentimento tão nobre e, ao mesmo tempo, tão presente nos seus livros. Depois afirmava que escrevia *"sem pensar"* e *"sem sentir"*. Como se pode escrever *sem pensar* e *sem sentir*?... Se não o fizesse, não seria verdadeiro o que escrevesse. E simplesmente não conseguia imaginar que Rafael não fosse sincero no que escrevia. Os livros dele não teriam a alma que tinham se ele fosse assim. E algo lhe dizia que ele não era assim. Ele, na carta, concordava com Fernando Pessoa quando este afirmava que *"pensar é não existir"* e que *"sentir é estar distraído"*. Talvez por isso não quisesse pensar no assunto pois se pensasse, o problema realmente existiria. E, consequentemente, ele recusava-se a sentir para não estar distraído, evitando assim sentir algo que o pudesse magoar ainda mais. Finalmente percebeu que toda aquela atitude de Rafael não passava de uma defesa aos seus próprios sentimentos. Rafael estava condenado, definitivamente, a estar fechado em si próprio. Recusava-se a amar e a ser amado. Estava preso embora não o quisesse. Mas Rafael, no fundo, pensava não ter nenhuma alternativa. Cabia a Júlia mostrar-lhe o quanto ele estava errado. Só não sabia como o fazer. Rafael afirmava também apenas "existir" no seu mundo e que lá ele não pensava. Apenas existia. E como pode alguém existir, sem pensar e sem sentir?... Sem amar?... Simplesmente não era, nem é, possível. O que teria acontecido de tão forte que pudesse fazer com que ele levantasse à sua volta toda aquela fortaleza?... Mas bastaria que apenas uma simples pedrinha fosse retirada para que toda aquela fortaleza ruísse e ele pudesse, finalmente, voltar a amar... Rafael afirmava ser a *"existência inexistente"* como se ele não existisse ou simplesmente a sua existência não tivesse significado nenhum ao ponto dele admitir que era uma *"inexistência presente"*. Havia nele uma dualidade incompreensível como que se lhe tivesse acontecido algo que lhe tivesse rasgado a alma em duas partes. Uma que teimasse em existir e amar. E isso era flagrante nos seus livros. E outra que teimasse simplesmente em fechar-se em si própria, deixando o tempo passar, na esperança que um dia aquela dor viesse a morrer. E isso era demasiado evidente nele. Mas ele enganava-se a si próprio pensando assim. O mais confuso vinha no final da carta quando ele afirmava "ser o que não era e que nem gostaria de ser", ou seja, ele não gostava do que era. Mas para gostar de si como era, ele teria primeiro de se libertar de como tinha sido. Para passar a ser, finalmente, ele próprio. E aí sim, ele seria feliz e estaria aberto para amar de novo. Júlia dobra o papel e repara que no verso tinha mais alguma coisa escrita e lê:

Minha triste realidade...

Acordei... Acordei e vi que estava num mundo diferente. Sim, num mundo diferente!... Num mundo onde não havia tempo, e lá fiquei eu sem saber onde estava, num dia que não sabia, num mês que desconhecia, num ano qualquer... Senti que não havia ninguém... Nem casas, nem carros, nem barulhos... Nada!... Olhei à minha volta e nada!... Olhei o Céu... O Céu... O Céu estava estranho... Duma cor linda como nunca vi igual... Nunca tinha visto o Céu daquela cor... Embriaguei-me na beleza dum momento, um momento qualquer, num mundo que não conhecia mas que me fazia sentir tão bem... Tão bem, que comecei a pensar que já não queria voltar para o mundo que eu conhecia, esse em que vivemos, por ter a certeza que não era tão belo... Senti o medo a me invadir e, aos poucos, tudo à minha volta começou a mudar de cor... Tão grande foi a mudança de cor, que senti que algo de anormal estava prestes a acontecer... Comecei a ouvir um murmúrio muito baixinho que se foi intensificando ao ponto de já não suportar mais aquele barulho e, finalmente, acordei... Acordei?!... Mas eu já não estava acordado?!... Então, quando realmente vim a mim, é que me apercebi que não valia a pena tentar perceber se já estava acordado ou se tinha acabado de acordar, pois na realidade em que me encontrava agora, era cheia de factos mas vazia de sentido, e se nada fazia sentido, de que me adiantava saber se já estava acordado ou se tinha acabado de acordar?... Prefiro pensar que ainda estou dormindo para não ter de acordar e ver a triste realidade em que vivo...

Acabando de ler, abriu outro papel e lá estava simplesmente isso:

Energia criativa

Às vezes começo a escrever apenas por escrever. É chato mas tem de ser... Afinal foi essa a vida que escolhi para mim... Não me posso queixar. Mas a vida dum escritor é envolvida por todo um processo. Todo um processo criativo que começa na ideia e acaba no livro. Durante todo esse processo cria-se uma energia: a energia criativa. E a partir do momento em que ela te envolve, já não tens consciência de ti mesmo, pois ela passa a tomar conta de ti. E mesmo que queiras parar, a energia criativa, não deixa isso acontecer. E quando ela te desaparecer de repente, tal bolha de sabão que rebenta subitamente, apenas ouves um "clic" na tua mente, e voltas à realidade. E aí lês o que escreveste. E aí percebes que, mesmo sem saberes porquê, quando essa energia te aparece, ela põe-te logo em acção, e percebes que a energia criativa tem uma lógica de existir e uma outra lógica para te aparecer. E outra lógica ainda para te aparecer naquele momento... É uma energia superior que te move na direcção certa e no momento certo. Para que tudo bata certo. Para que tudo tenha lógica. Mesmo aquilo que não tem lógica. Mesmo essas linhas que lês. Mesmo esse Deus silencioso. Mesmo esse terrorismo global. Mesmo essa esperança morta. Mesmo essa incerteza certa... E é nessa incerteza que me aparece, por vezes, a vontade de escrever. Por isso, às vezes, escrevo apenas por escrever. Mas ainda bem que não é sempre assim... Às vezes apetece-me mesmo escrever. E aí escrevo... Entretanto, limito-me a existir...

Carta aberta à Hipocrisia

Esta semana dei de caras com a maior prova de que a hipocrisia existe numa forma, inexplicavelmente, humana. Fizeram-me um convite para fazer um tipo de trabalho. Convite esse que, prontamente, aceitei. Marcamos uma data para a entrega do dito trabalho, a qual respeitei. Depois do trabalho concluído, a mesma pessoa que me pediu o "tal" trabalho não o aceitou, não por não estar bom, mas por estar bom demais para o poder aceitar. Sinceramente, não percebi... Se isso não é hipocrisia, por favor, elucidem-me, e digam- me o que é. Pedi-me que me explicassem e ninguém o fez. Ninguém o conseguiu. Então, dirigi-me à Hipocrisia na 1ª pessoa e perguntei-lhe: **"Porque existes, Hipocrisia?...".** *Ela respondeu-me:*

"Porque o Homem precisa de mim. Ele é que me criou, e ele é que há-de me destruir. Desde que o queira. Basta querer. E simplesmente o Homem não o quer. Por isso continuo a existir..."

Baixei a cabeça e parti. Infelizmente, não pude contra argumentar com ela. Ela tem razão. A hipocrisia existe porque o Homem assim o quer. Tal como tantas outras coisas que existem e que o Homem permite que as mesmas continuem a existir. Simplesmente porque quer. E continua a querer que as mesmas existam. E depois pergunta-se a si mesmo, no auge da sua própria hipocrisia: "Porque isso me aconteceu?... Porque isso me acontece?...A mim e a toda a gente?...". E essa pergunta mostra a hipocrisia máxima da nossa existência. Será assim, ou simplesmente será a minha hipocrisia a falar por mim próprio?... Ou somos ou não somos. Ou temos ou não temos. Não podemos ser e não ser ao mesmo tempo. Não podemos ter e não ter ao mesmo tempo. A dualidade existencial sempre existiu e existirá sempre. A hipocrisia só existirá enquanto o Homem a permitir. Até quando, Homem, irás permitir que ela exista?... Mea culpa ou hipocrisia minha?...

Acabou de ler e quando já se preparava para levantar viu no chão mais um papel, e decidiu lê-lo também. Talvez estivesse, inconscientemente ou conscientemente não interessa, procurando algumas respostas que, ainda, precisava, antes de o confrontar. Decididamente teria de o fazer. E leu o endereço do *blog* dele no verso desse papel. Foi lá a correr e leu a primeira coisa que viu:

Os sons do silêncio…

Atirei-me para o vazio de mim, no vazio que me deixaste... Vazio que deixaste quando partiste... Mas agora já nada interessa pois tudo isso pertence ao passado. Mas a dor é tão presente, é ainda tão real... Tão real que sinto a necessidade de me refugiar no vazio para não ter de sentir... Prefiro o silêncio do vazio e os sons que ele me traz... O som da paz, do vazio quântico, da matéria vencida pisada pela espiritualidade, da áurea perdida presa por uma saudade, enfim e assim... Me perco e me encontro, me refugio e não sofro quando ouço simplesmente os sons do silêncio...

" Vi em ti o que nunca tive, e agora que tenho o que nunca tive, tenho medo de perder o que nunca cheguei a ter..."

" Mesmo que venha a te perder um dia, nunca perderei o que um dia cheguei a ter, ou seja, o que sinto por ti..."

A dor da mentira

Existem certas coisas que não consigo compreender; porque me mentem, por exemplo.

Se uma pessoa me mente é porque tem algo a esconder. E simplesmente me pergunto:

Porquê?... Se uma pessoa me está a mentir, algo me está a esconder, e simplesmente

não percebo porque essa pessoa me esconde alguma coisa... Será que essa pessoa não

compreende que só a vou aceitar e admirar se ela for verdadeira para mim?... Só a

verdade me faz admirar algo ou alguém. Houve alguém que me mentiu há bem pouco

tempo. E essa pessoa era, e é, muito especial para mim. E o que doeu mais foi isso...

Senti que não merecia aquilo. E voltei a perguntar-me: Porquê?... Que necessidade

tinha essa pessoa de fazer o que fez?... Ela não tinha, nem tem, necessidade de me dar

essa dor. Então, porque o fez?... Cansei-me de tantos "Porquês?"... E limitei-me a

aceitar que a fraqueza foi dessa pessoa e não minha, e não tinha de me sentir culpado.

Afinal, não fui eu que menti... Mas doeu saber que certas pessoas para poderem

enfrentar a realidade, sentem a necessidade de mentir. Mesmo que isso magoe alguém.

Mesmo que esse alguém seja eu. Ou tu. Ou quem quer que seja. E é por certas pessoas

serem assim que não as compreendo. E nem as consigo compreender. E por isso é que

dói ... Por vezes gostava de perceber o "comportamento humano", mas quem sou eu

para querer isso?... Isso, ou alguma coisa?... Se essa pessoa me mentiu, então não sou eu que tenho de me sentir mal mas sim essa pessoa. Mas acho que já sei porque me senti, e sinto, mal com uma fraqueza que não foi minha, com uma atitude que não é, nem nunca será, a minha... Eu disse que essa pessoa era, e é, muito especial para mim... Desculpem mas eu menti... Essa pessoa já foi muito especial para mim mas já deixou de o ser, e deixou de o ser no dia em que me mentiu...Pois quem me mente não merece a minha amizade quanto mais o meu coração...O esquisito é que não deveria doer... Mas ainda dói...Dói bastante!... E o que mais dói é não saber porque doeu assim tanto... E porque ainda dói...

" Nunca trates ninguém duma forma dispensável, pois esse alguém irá agir duma forma dispensável. E acaba se afastando... E, ao se afastar, tu é que te tornas dispensável... Acorda!... Ou, pelo menos, pensa nisso..."

Não penses...

Gosto das coisas como são
Sem pensar e sem sentir...
É mais leve para o coração
É mais fácil assim sorrir...

Pois quando se pensa profundamente

A confusão se instala...

No nosso coração e na nossa mente

E depressa tudo abala...

Tal é o tremor que se sente

E acredita que este poeta não te mente

Ás vezes é melhor não pensar...

Pois pensar é não existir

E perdes definitivamente o teu sorrir

E acabas simplesmente por chorar...

Apenas sente...

Pensar é não existir

E sentir é estar distraído...

Então como posso conseguir sorrir?

Sinto-me apenas um anjo caído...

Anjo que suas asas perdeu

Porque infelizmente um dia amou...

Por ter perdido o que era seu

E porque alguém tanto o magoou...

Então um conselho vou-te dar

Por Amor nunca deves chorar

E este poeta não te mente...

Pois quem te ama não te magoa

E faz como eu e Fernando Pessoa

E como nós apenas sente...

Minha confissão...

A flor à lua perguntou:

És tão linda e tão só?...

A lua claro que se magoou

Tanto que até meteu dó...

Metia pena para ela olhar

Mas em silêncio ela ficou...

Minhas lágrimas não paravam de cessar

Pois apercebi-me do que se passou...

Então à flor me dirigi:

Tens noção do que eu senti

Ao ofenderes a lua assim?...

Somos companheiros da solidão

E digo-te de coração:

Nunca tive nada assim...

O sorriso de Deus...

Um anjo essa noite me acordou

E quis ele comigo desabafar...

Tanto que aquele anjo chorou

Por fim éramos os dois a chorar...

Mágoas do mundo e de toda a gente

Aos poucos ele desabafou...

E fui gravando em minha mente

Tudo o que lhe magoou...

Disse-lhe: Pede ajuda a Deus

Ele acenou-me com um simples adeus

E chorando para o céu partiu...

Lembro-me que uma estrela brilhou

E uma brisa por mim passou

E Deus para mim sorriu...

Essa minha dor...

Deram-me a conhecer o Amor

E vivi esse Amor na sua plenitude...

Mas tudo o que restou foi dor

E hoje vivo numa amarga inquietude...

Inquietude por não compreender

O motivo nem a razão...

Do porquê desse meu sofrer?

Do porquê dessa desilusão?...

Desilusão que me consome dia a dia

E que aos poucos me fez desacreditar...

E hoje ando numa intensa nostalgia

E simplesmente não quero mais amar...

Não quero mais amar assim

Dessa maneira não sei amar...

Seria o princípio do meu fim

O meu derradeiro chorar...

Mas hei-de pacientemente esperar

Por um lindo e puro Amor...

Hei-de parar de chorar

E há-de acabar essa minha dor...

Minha triste realidade...

"Acordei... Acordei e vi que estava num mundo diferente. Sim, num mundo diferente!...

Num mundo onde não havia tempo, e lá fiquei eu sem saber onde estava, num dia que

não sabia, num mês que desconhecia, num ano qualquer... Senti que não havia

ninguém... Nem casas, nem carros, nem barulhos... Nada!... Olhei à minha volta e

nada!... Olhei o céu...o céu... o céu estava estranho... Duma cor linda como nunca vi

igual... Nunca tinha visto o céu daquela cor... Embriaguei-me na beleza dum momento,

um momento qualquer, num mundo que não conhecia mas que me fazia sentir tão

bem... Tão bem, que comecei a pensar que já não queria voltar para o mundo que eu conhecia, esse em que vivemos, por ter a certeza que não era tão belo... Senti o medo a

me invadir e, aos poucos, tudo à minha volta começou a mudar de cor... Tão grande foi

a mudança de cor, que senti que algo de anormal estava prestes a acontecer... Comecei

a ouvir um murmúrio muito baixinho que se foi intensificando ao ponto de já não

suportar mais aquele barulho e, finalmente, acordei... Acordei?!... Mas eu já não

estava acordado?!... Então, quando realmente vim a mim, é que me apercebi que não

valia a pena tentar perceber se já estava acordado ou se tinha acabado de acordar,

pois na realidade em que me encontrava agora, era cheia de factos mas vazia de

sentido, e se nada faz sentido, de que me adiantava saber se já estava acordado ou se

tinha acabado de acordar?... Prefiro pensar que ainda estou dormindo para não ter de

acordar e ver a triste realidade em que vivo...

Tristeza

" Hoje estou triste!... Não sei porquê... Estou simplesmente triste!... Só não sei porque

estou a tentar perceber porque estou triste!... Estou triste pronto! Por vezes a tristeza

não se explica... Aliás, até acho que a tristeza nunca se explica... Apenas se sente!...

Mas apenas sinto-me frustrado por não a saber explicar... Mas é o que não se sabe explicar, que acaba dando sentido à nossa existência, porque vamos à procura dessas respostas que hoje não achamos e não descansamos enquanto não as encontrarmos. Resumindo e concluindo...A tristeza é a resposta ao tédio da minha vida..."

Tédio

" Tento sair dele a cada instante... Cada vez que tento quebrar a rotina fazendo algo diferente... E gosto desse algo diferente e, por gostar tanto dele, volto a fazê-lo, fazendo-o cada vez mais, ao ponto de cair na rotina outra vez e, de novo, volta o tédio! Então que fazer para evitá-lo?... Nada!... Deixa que ele passe simplesmente, nunca o combatendo, nunca o renegando, apenas e exclusivamente, o aceitando. E o tédio, tal como tudo na vida, se o aceitares passa a ser teu, e não algo que passa pela tua vida... E sendo teu, fazes dele o que queres, e fazendo o que queres dele, ele farta-se e vai-se embora e deixa de ser tédio, e passa a ser passado e, tal como todo o passado que não interessa, o esqueces desaparecendo assim finalmente da tua vida..."

Dor

"Não me refiro à dor no sentido literal, à dor física, mas sim aquela dor que infelizmente todos nós conhecemos... Sim, é a essa dor que eu me refiro!... A essa dor só há uma coisa a fazer... Aceita-a!... Se a aceitares, ela passa a ser tua amiga. Nunca faças dela uma adversária mas sim uma companheira para a vida. Habituas-te tanto a ela, que já não passas sem ela, ao ponto de não a quereres mais a abandonar... Ninguém gosta da morte mas que remédio temos nós senão a aceitar?!... Então, aceita a tua dor deixando que ela faça parte de ti e, nessa altura, altura em que ela já é tua, fazes dela o que quiseres, podendo transformá-la em algo melhor, por exemplo: a purificação do teu espírito, aprender a humildade, a abnegação, o altruísmo, etc... E faria aqui uma enorme lista das coisas boas, e recicláveis, que uma simples dor pode se transformar... Como vês, a dor não é assim tão má... Ela existe porque é precisa e só tens de saber lidar com ela..."

" Se filtrares a mágoa que há em ti e deixares entrar em teu coração o brilho da lua,
nesse dia irás derramar a última lágrima do princípio da tua felicidade...
Nesse dia estarei lá à tua espera..."

" Se a minha vida fosse um diário, eu deixaria algumas folhas em branco para que tu
pudesses escrever... Eu simplesmente não teria coragem para lá escrever o que fizeste
à minha vida..."

" Há quem diga que é na diferença que marcas a tua presença, mas como posso
marcar presença se por causa da minha diferença te perdi?...
E não tenho culpa de ser diferente..."

Meu abismo

Houve um dia que conheci o Amor

Mas o Amor não me conheceu...

Ele deu-me apenas dor

E tirou-me tudo o que era meu...

E então apenas me perguntei:

O que fiz para isso merecer?...

Se depois de tudo o que amei

Como posso estar ainda a sofrer?...

Então apercebi-me do seguinte

No Amor sou um pobre pedinte

E hei-de passar toda a vida a pedir...

Que alguém me tire essa dor

E me dê a conhecer o Amor

E de novo me faça sorrir...

"O meu refúgio..."

" *Tudo passa. Tudo nessa vida passa... Mas muitas vezes nem sequer sabemos o que se*

está a passar. E há uma fuga constante para um refúgio criado por cada um de nós.

Eu tenho o meu refúgio... O meu abismo... O meu abismo emocional. Refugio-me no

abismo das minhas emoções e lá ninguém me apanha, de lá ninguém me tira, e de lá

saio só quando quiser, por isso é que é o meu refúgio. Adoro lá estar... Ninguém me vê

ou sente...E eu vejo tudo e toda a gente e sinto tudo e não desejo nada. E é por ver

tudo, e sentir tudo, que de lá não me apetece sair... Antes viver só nas emoções do que

viver acompanhado nesta realidade fútil, sem sentido, fria e consumista que se assiste

hoje em dia. Antes viver no abismo das emoções... Pelo menos lá estou protegido. E sou compreendido também... Os duendes e as fadas encontram-se comigo e falam-me de outro mundo, e que todas as pessoas deveriam conhecer um dia, e que simplesmente não conhecem por não possuírem a pureza de espírito duma criança. Com eles, os duendes e as fadas falam, por isso não é difícil ver uma criança falar sozinha. Sozinha?!... Será que está mesmo a falar sozinha?... Será que não fala mesmo com outros seres, de outras realidades, com purezas de espírito superiores à nossa?... Claro que sim!... E é disso que os duendes e as fadas me falam, e é exactamente por isso, que os continuo a ouvir... Ouço-os no abismo das minhas emoções, por isso é o meu refúgio e de lá não quero sair... E é assim que sou feliz... Fugindo a essa realidade e entrando no meu refúgio..."

"Às vezes..."

Às vezes é preciso mentir
Para uma cruel verdade esconder...
Ou começas a sentir
Aquilo que te fará sofrer...

Pois é!... Não sabias?...

Às vezes antes não saber a verdade...

Assim as tristezas e as nostalgias

Não se transformam em saudade...

Às vezes...

Quando a dor quer chegar

E a felicidade teima em partir...

Às vezes para não se chorar

É-se obrigado a mentir...

Às vezes...

Faz como eu que te minto

E que não te digo o que realmente quero...

E tudo aquilo que eu mais sinto

É definitivamente o que não espero...

Pois, às vezes...

Nem sempre consigo ter

Tudo aquilo que me faria sorrir...

Então para não ter de sofrer

Sou obrigado a mentir...

Às vezes...

"Não sei..."

Não sei porque acordo triste

Porque te escrevo isto...

Não sei se Deus existe

E porquê eu existo...

Simplesmente já nada sei

Porque vivo, porque choro...

Porque um dia amei

E porque tudo imploro...

Não sei...

O porquê do Amor

O significado do perdão...

O significado da dor

A leveza do coração...

Não sei!...

Mas também para quê saber?

Se saber é também chorar?...

E se chorar é sofrer

Não vale a pena amar...

Não sei!...

"Apenas sofro..."

Já disse o grande Pessoa

"Finge mas finge sem fingimento"...

Mas se essa dor tanto me magoa

Como posso fingir meu sentimento?...

Sentimentos não se podem fingir

Por vezes nem se podem esconder...

Sentimentos só se podem sentir

Mesmo que isso nos faça sofrer...

E com minhas lágrimas a cair

Como posso essa dor fingir,

E viver outro sentimento?...

Amigo, não finjo essa dor

Foi por ter perdido aquele amor

que hoje finjo sem fingimento...

"Meu Último Desejo"

A vida decidiu me tramar

E me tirou aquela que mais amei...

Ainda hoje tento não lembrar

Nos rios de lágrimas que chorei...

Apesar de todas as lágrimas derramadas

E dos problemas que passámos...

Nossas vidas foram descruzadas

Mas tanto que nos amamos...

Agora apenas anseio morrer

Reencarnar e de novo viver

E viver só para te amar...

Quem sabe se com a morte

Muda um pouco a minha sorte

E possa finalmente parar de chorar?...

"Anjo Revoltado"

Perdi uma asa e caí

E à Terra fui parar...

Até que a conheci

A mulher que haveria de amar...

E a amei intensamente

Como poeta ama a poesia...

E gravei-a no meu coração e mente

E hoje recordo-a com nostalgia...

E recordo-a porque a perdi

Se soubesses como me senti

Era um homem extremamente magoado...

Mas quis ao céu voltar

E hoje já não consigo amar

Pois sou um anjo revoltado...

Razão da minha existência...

Acordei... Acordei para mais um dia banal e vazio da minha vida... Vida ausente de sentidos, revestida de desilusões, e apagada pelo tempo... E levantei-me... Que remédio tinha eu senão me levantar?... Dizem que a vida continua... E na hipocrisia máxima da minha existência, levanto-me porque sei que tenho, e preciso, de continuar... Continuar a viver... Como se isso fosse possível... Como posso eu continuar?... Mas tenho de acordar... Tenho de acordar para a realidade e ver que, mais vazio do que essa minha vida vazia, é o vazio da própria vida... E quando começo a pensar assim já não me sinto tão fraco, tão vazio... E então levanto-me. E é aí que vejo que, apesar de tudo, vale a pena me levantar... E levanto-me para a realidade da minha existência e tento quebrar as correntes que me aprisionam nessa solidão do meu existir... Numa existência que já não faz sentido mas que me conduz a um caminho que não conheço mas que sinto que preciso de o percorrer... E se não o seguir nunca conhecerei o fim da minha estrada, a razão da minha existência... E só quando souber essa razão, a minha vida deixará de ser vazia... E é por isso que insisto em me levantar a cada dia... E a cada nascer do sol, lá vou eu me levantando na esperança que um dia possa encontrar essa razão... A razão da minha existência..."

"Na dúvida e no Amor, há um ponto comum: a incerteza. A incerteza do que há e do que pode haver. Quando acaba essa incerteza, começa aquilo que eu acho que consegue definir o que por ti sinto. És, definitivamente, minha eterna interrogação..."

A vida...

"A vida injusta?... Não, a vida não é injusta!... A vida apenas te responde às perguntas que tu lhe fazes e simplesmente te diz, não o que queres ouvir, mas sim o que mereces ouvir! Ela só te responde da maneira que mereces... Aprende a saber ouvir o que ela tem para te dizer e quando a souberes ouvir e finalmente a escutares, aí sim serás mais feliz... Schiuuu... Escuta!..."

Pequeno conselho

" *Passamos a vida a nos lamentar... Lamentamos isso e aquilo, e invejamos aqueles que na sua vida têm sucesso, e ao que tudo indica, são pessoas felizes. E, no entanto, esquecemo-nos das nossas vidas, e talvez por isso sejamos infelizes. Devíamos por uma pala nos nossos olhos e sabermos olhar só para as nossas vidas, esquecendo a dos outros, e concentrando-nos mais nas nossas, e aí sim talvez conseguíssemos atingir alguns dos nossos objectivos. Porque invejar a vida dos outros é esquecer-te da tua, e esquecendo-te da tua, como podes construir a tua própria felicidade?... Enfrenta os teus problemas dia-a-dia, eliminando-os, melhorando assim a tua vida, e melhorando a tua vida sentes-te bem... Queres mais... Os teus sonhos são cada vez mais altos, e vais lutando cada vez mais por esses mesmos sonhos, ao ponto de um dia se tornarem realidade, e deixarem de ser apenas sonhos mas sim objectivos alcançados...*

Vive, luta e sê feliz..."

Ela delirava com tudo o que lia... Ele no seu *blog* tinha coisas que nunca havia publicado em livro e, agora que as tinha lido, julgava conhecê-lo um pouco melhor...

Mas quanto mais o conhecia, mais queria conhecer, e saber, acerca dele. E continuou lendo. Tinha de percebê-lo de qualquer maneira...

"Maluco eu?!... Se ser maluco é ver a vida tal como ela é, sendo objectivo, realista, e nunca me iludindo... Se isso é ser maluco, deixem-me ser louco e nunca me deixem ver a vossa realidade. Pois essa sim é doente e deixa qualquer um louco..."

"Loucura?!... É estar ciente do que não se é, e ausente do que realmente se é... E o verdadeiro louco é todo aquele que não consegue ver, e aceitar, isso..."

"No fim da loucura começa a realidade ou no início da realidade começa a loucura?... Não sabes?... És louco ou simplesmente real?... Quanto a mim, prefiro pensar que sou um pouco das duas coisas.."

"A sabedoria é o princípio de toda e qualquer loucura..."

"Não sou sábio nem inteligente. A sabedoria pertence aos deuses, a inteligência aos homens. E eu não sou nem uma coisa nem outra. Sou qualquer coisa de intermédio; algo que se divide entre o louco e o autodidacta. Sou, definitivamente, igual a mim próprio..."

*"A loucura é uma fuga à realidade, portanto só pode ser uma coisa boa. Qualquer coisa é melhor do que a triste realidade em que vivemos. Mas a loucura por si só, não é capaz de nos transportar para outra realidade. Há que criar uma realidade paralela que nos sirva de refúgio ou de fuga. E só um louco a consegue criar... **Einstein** era um louco. Espero que um dia o ser também..."*

"Na loucura, tal como na inocência, não existe espaço para o "pensar". Apenas para o "sentir". Nunca vi nenhum louco pensar no que sente e nenhum inocente pensar se sequer o sente. Inocência ou loucura minha?..."

O que realmente acho de ti...

"A diferença entre um filósofo e um poeta dá qualquer coisa de efémero. A junção dos dois, a perfeita loucura. O meio-termo, se é que o existe, entre o efémero e a loucura, dá qualquer coisa parecida com aquilo que eu penso de ti..."

"A distância que me separa do meu "Eu" de mim, é a distância compreendida entre o Consciente e o Inconsciente. Apenas uma linha ténue que me separa daquilo que há daquilo que é suposto existir..."

"Vivo entre a intolerância e a eterna paciência de tentar perceber o que não sou e esquecer aquilo que sou. E o que realmente sou não me interessa..."

Liberdade?...

*"Houve alguém que disse um dia: **"A minha liberdade começa onde acaba a tua"**... Concordo plenamente, mas quando duas pessoas se apaixonam, onde fica a liberdade*

de um e a do outro?... Será que perdem a sua liberdade de um para o outro? Definitivamente não... Por se amarem mutuamente, as suas liberdades unem-se, criando uma nova liberdade. E é assim pois o Amor liberta..."

O que queres da vida?...

"O que queres da vida?... Não sabes?... Então, como queres que a vida te dê algo que nem tu sabes o que é?... Ela simplesmente te dá, não o que queres mas o que ela deseja. Mas, por vezes, o que ela deseja é realmente o que queres... Diz-lhe, e pode ser que acabe por te dar o que sempre quiseste..."

São dias...

Tenho dias...

Que fico sem saber o que fazer

Que sinto que fico sem pensar

Sem saber se ando a sofrer

Sem saber se ando a chorar

Tenho dias...

Que quero desse sonho sair

Quero noutra realidade acordar

Quero um dia voltar a sorrir

Desejo um dia voltar a amar

São dias...

Mas também tenho dias

Que desejo ver um diferente olhar

Que me quebre as nostalgias

Que me faça voltar a amar

Tenho pena desses dias...

Pois sei que nada nem ninguém

Me consegue tirar dessa dor

Pois houve um dia alguém

Que me fez desacreditar no Amor

São dias...

Mas que Deus existe, eu sei

Que um dia há-de me compensar

Por tudo o que sofri e chorei

Um dia hei-de voltar a amar

Nesses dias...

Espero sinceramente encontrar

Alguém que me venha tirar

Essas memórias e nostalgias

Quero um dia deixar de sofrer

Amar e de novo viver

A esperança desses dias...

São dias...

Não consigo...

Não consigo...

Não consigo simplesmente esquecer

Tudo aquilo que se passou

Não dá para compreender

Porque tanto a vida me magoou

Não consigo...

Perceber porque não consigo mais amar

Porque raio não sai essa dor?

Já estou farto de chorar

Já estou farto do Amor

Já não consigo...

Perceber porque tem de ser assim

Querer e não poder ter

E no princípio do meu fim

Finalmente comecei a perceber

Porque não consigo...

Aceitar que tive de perder

Aquela que mais amei

Acabei por simplesmente crescer

Hoje percebo porque chorei

Já consigo...

Perceber porque teve de ser assim

E porque pertence ao passado

Essa réstia de mim

Que só me deixou magoado

Só não consigo...

De novo voltar a amar

De novo voltar a sorrir

Quero deixar de chorar

Quero um dia partir...

Não consigo...

Já posso amar...

O tempo passa. A vida passa. A nostalgia fica.

O tempo corre. A vida é nada. Essa dor que pica.

Pica e fere. Rói e destrói. Renasce e volta a viver...

Abre feridas, soltam-se lágrimas, e volta a vontade de morrer...

Tédio renascido duma dor esquecida,

Mágoa que volta duma dor perdida...

Estranhos olhares que se cruzam com o meu,

Tentando deixar uma mensagem ficar...

Meu coração destroçado que um dia foi teu,

Teima em simplesmente não olhar...

Não ligo, não posso, não quero,

Simplesmente não posso mais amar...

Pois aquilo que do Amor espero,

O passado teimou em tirar...

Hoje mais nada tenho a perder,

E deixo o tempo passar...

Aquele Amor que veio a morrer,

A saudade não deixa levar...

E por isso...

O tempo passa. A vida passa. A nostalgia fica.

O tempo corre. A vida é nada. Essa dor que pica.

Pica e fere. Rói e destrói. Renasce e volta a viver...

E em silêncio...

Choro e te recordo,

Oro e deixo-me levar...

E amanhã já não recordo,

E amanhã já posso amar...

Apenas dizem...

Dizem...

Dizem que a angústia magoa

E que só nos traz rancor

Por vezes até parece que Pessoa

Apenas ele conhecia a dor

Quem conhece a angústia como nós

Não liga ao que andam a dizer

Pois nunca nos sentimos sós

Estarmos sós é a nossa maneira de viver

Que me importa o que andam a dizer?

Só eu sei o que estou a sentir

Se acham que isso é sofrer

Como explicam o meu sorrir?

Eu sinto duma forma diferente

E vivo num mundo de Amor

Sou um Ser inexistente

Nesse vosso mundo de rancor

Esse vosso mundo é vergonhoso

É mais amargo do que o fel

E do que o veneno mais perigoso

Por isso antes escrever nesse papel

Nele derramo minha alma e coração

E isso no vosso mundo não posso fazer

Seria uma enorme frustração

Pois no vosso mundo o Homem não pode sofrer

Então no meu mundo me refugiei

E dizem que hoje vivo angustiado

E que já nem me lembro se amei

Ou se trago uma dor do meu passado

Prefiro nem sequer responder

O que penso nem o que sinto

Antes em silêncio sofrer

Do que pensarem que minto

Antes em silêncio ficar

E não ligar ao que andam a dizer

Pois aí é que irei chorar

Nessa altura é que irei sofrer

Então passei a não ligar

Ao que dizem de mim por aí

Antes em silêncio ficar

E ficar escrevendo por aqui

Pelo menos aqui ninguém me conhece

E aqui não podem falar

E tudo o mais se esquece

E no resto tento não pensar

Pois quando penso começo a ver

Porque andam para aí a falar

Depois não compreendem a angústia do sofrer

Que um poeta por vezes tem de passar

Hoje até dizem que eu

Já nem sequer sei amar

E que meu coração já não é meu

E que por isso ainda ando a chorar...

Dizem...

Apenas dizem...

Ficou perplexa... Desta vez ela confirma mesmo que foi por ter perdido alguém que ele amara muito, que ele se encontrava assim... Vazio, sem esperança, sei lá... E resolve telefonar-lhe. Combinaram encontro, com a desculpa dela lhe entregar os papéis que ele havia deixado cair da sua carteira naquela noite. Júlia chega primeiro e pede um café. Sentou-se numa mesa que tinha uma janela virada para o mar. Enquanto toma o café, perde-se na beleza daquele mar nocturno, com sua magia boémia e seu encanto de mar salgado. Salgado e triste. Revolto ou calmo. O mar... Como é parecido com o amor. E suspira... Rafael entra nessa altura...

- Boa noite Júlia. Suspirando?...

- Já estava um pouco nervosa com todo esse atraso.

- Então, só cheguei cinco minutos atrasado.

- Estás desculpado... Olha, aqui tens os papéis.

- Obrigada. Por acaso, leste o que estava escrito?...

Hesitou um pouco mas depois confessou...

- Desculpa, mas sim. Li... Não aguentei, sabes?...

- É natural que lesses. Mas não ligues ao que leste. Aquilo foram apenas recordações duma noite nostálgica pensando num antigo amor perdido. Já passou...

- Passou?... Passou o quê, Rafael?... O que te prendia?... Ou melhor, o que te prende?...

- Prendia-me!... Um antigo amor... Mas, por favor, já te disse que não quero falar disso nem agora nem nunca. Magoa muito lembrar tudo o que aconteceu...

- Mas se enfrentares isso, a ferida acabará por sarar e tu acabarás por crescer. Não és tu que dizes que tudo tem uma lógica de acontecer?... Mesmo aquilo que não tem lógica?... Então, pode até não ter tido lógica nenhuma teres perdido esse amor, mas é claro que teve uma lógica para que o perdesses. Talvez para encontrares um novo amor?... Alguém mais digno de ti?... Ou então, ela foi uma daquelas pessoas que apenas passam durante algum tempo nas nossas vidas e que depois simplesmente desaparecem mas não antes sem nos ajudarem ou nos deixarem uma lição de vida... Se calhar Deus permitiu que amasses alguém e que o perdesses para dares ao amor o devido valor que ele merece. Para que quando percebesses esse valor, nesse dia voltasses a mar... Ou melhor, pudesses voltar a amar...

Rafael ficou sem saber o que fazer. Nem o que dizer... Apenas balbuciou qualquer coisa como:

- *Talvez tenhas razão...*

- *Talvez?!... Eu tenho razão!... Rafael, pensa que enquanto não pegares nesse problema de frente, olhares nos olhos dele e mostrares a tua força, ele nunca fugirá de ti... E mais, ele perseguir-te-á sempre. Onde quer que vás. Estejas com quem quiseres. Onde estiveres. Em qualquer lugar. Em qualquer situação. O problema estará sempre abraçado a ti. Abre os braços. Liberta-te. E grita bem alto: "Eu quero amar..." E ama... E sê feliz...*

Alguns segundos de silêncio entre os dois até que...

- *Eu quero ser feliz!... Eu quero amar!... Mas não posso...*

- *Não podes?!...*

- *Talvez... Tens tempo para ouvir uma história?...*

- *Será que é uma história ou é a "tua" história?...*

- Interpreta como quiseres...

Suspirou fundo e finalmente desabafa...

- Sofia era linda. Tinha vinte e três anos, cabelos castanhos claros e seus olhos eram verdes como a mais pura esmeralda. Era o sorriso da noite. Essa era a Sofia. Amámo-nos muito. Muito mesmo. Até que numa noite, há cinco anos atrás, combinei um encontro com ela aqui num bar em Lisboa. Ela vivia em Cascais. Pediu-me que esperasse por ela e saiu de Cascais em direcção a Lisboa. Teve um acidente de viação na auto estrada de Cascais e morreu. Nunca me consegui perdoar por ter marcado aquele encontro. Tenho quase a certeza que nunca conseguirei me perdoar...

- Quase?... Não tens a certeza?...

- Não, não tenho. Sei que não tenho culpa de ter acontecido aquele acidente. E talvez por isso um dia me consiga perdoar. Mas por outro lado, não consigo me perdoar, pois eu tinha marcado aquele encontro. Eu queria ir ter com ela mas ela sabia que eu tinha voltado duma digressão nacional por causa do lançamento de meu último livro e que antes já tinha estado no Brasil a promover o livro em São Paulo, e que eu estava exausto de tanta viagem, e de tantas sessões de autógrafos, e ela disse-me que eu descansasse que viria ter comigo ao meu encontro. E foi assim que começou o fim de meu amor e o princípio de minha frustração. Percebes agora?... Talvez se eu não

tivesse marcado aquele encontro, ela nunca tivesse morrido. E poderia ter sido tudo

tão diferente...

- Desculpa Rafael, mas acho que vives na esperança que um dia essa "diferença"

possa chegar. Mas isso é impossível. Ela morreu. Acabou. Se estava destinado ela

morrer naquela noite, ela morreria na mesma. E se ela não morresse no acidente,

morreria, de certeza, doutra maneira qualquer. O destino é como o amor; dele

ninguém foge. Não te culpes. Liberta-te dessa culpa. Essa culpa não é tua. No máximo,

a culpa é do destino.

Rafael começou a chorar ao ouvir essas palavras de boca de Júlia... A dor começava

agora a se libertar e ele nem se apercebia disso... Júlia abraça-o e, nos ombros de Júlia,

Rafael chora tal bebé desprotegido e inocente ao colo de sua mãe. Assim Rafael chora

no ombro de Júlia. Júlia acaricia-lhe os cabelos, enxuga-lhe as lágrimas e dá-lhe um

abraço forte. Rafael continuou chorando como que se lhe tivessem cortado a alma ao

meio e ele nada pudesse fazer. Por uma fracção de segundos Júlia apercebeu-se do que

ele havia sentido na noite em que esperava por ela e recebeu a notícia que ela havia

morrido num acidente de viação... E Júlia também chora... Júlia chora, não por pena de

Rafael mas por ter percebido o tamanho de sua angústia, e agiu quase como que se

quisesse sentir um pouco dessa mesma angústia, para que o fardo dele se pudesse tornar um pouco mais leve... Como poderia ele sozinho aguentar toda aquela dor?... Agora que contara a Júlia o que se tinha passado, estava mais leve. Mas, ao mesmo tempo, incomodado. Incomodado, porque agora Júlia sabia de coisas que não era suposto saber. E poderia um dia querer cobrar o seu silêncio. E ele tinha medo do que ela pudesse pedir em troca do seu silêncio. Havia algumas coisas que, para ele, eram impossíveis de dar. O seu coração, por exemplo. Nem partilhar ele queria. O amor dele, isso então era impossível. Ou, pelo menos, pensava ele. Mas será que ele já não começava a baixar essas defesas ao apaixonar-se por Júlia?... Mas de qualquer maneira, decide cortar as saídas com Júlia, os telefonemas foram reduzidos ao mínimo possível, enfim, ele tinha de se afastar mais uma vez para poder se proteger. Mais uma vez não era o amor a fugir dele mas sim ele a fugir ao Amor... E decide passar uns dias de férias em Cascais. Pensou que fossem alguns dias. Acabou por passar algumas semanas lá. Os dias eram passados a escrever e as noites a suspirar na Baía de Cascais. Suspirava sem saber porquê. Se pelo vazio que Sofia lhe deixara se pelo incómodo que Júlia lhe trazia. Sabia que precisava estar só. Sentia-se melhor assim. Ou, pelo menos, pensava ele... Numa noite, enquanto jantava, o telemóvel dele toca, e como pensava que era Júlia, decide não atender. Por fim, olhou o écran do telemóvel e viu que era o número dum amigo dele, Inspector da Polícia Judiciária, que ele não via, nem falava há muito tempo. O Miguel. O que poderia querer Miguel falar com ele?... Decide telefonar-lhe.

- *Então, Miguel?... Telefonaste-me?...*

- *Sim, sim. Preciso de falar contigo pessoalmente e o mais depressa possível. Descobri um pormenor "interessante" sobre a morte da Sofia. É um pormenor, no mínimo, incomodativo.*

- *Incomodativo?!... Estás aonde?...*

- *Em casa. Podes vir cá?...*

- *Claro. Daqui a Oeiras são apenas alguns minutos. Estou quase aí... Até já...*

- *Até já...*

Rafael correu como um louco até ao carro e saiu voando pela auto estrada de Cascais até chegar a Oeiras. Finalmente chegou. A casa de Miguel ficava perto do *Oeiras Parque*. Bateu e...

- *Sim, Miguel... Sou eu, Rafael...*

Este abre-lhe a porta e...

- *Então Rafael, estás bem?...*

- *Estava... Depois do teu telefonema era difícil ficar calmo, não achas?... Então, o que descobriste?...*

- *Algo que te vai deixar, no mínimo, "estúpido". Mas vem, entra... Senta-te aqui na sala, ouve um som, enquanto eu vou buscar duas bebidas para a gente.*

Desta vez Rafael decidiu ouvir **Diana Kraal** para poder descontrair um pouco antes de iniciar aquela conversa. Alguma coisa lhe dizia que aquela conversa não iria ser fácil. Passaram-se três a quatro minutos e eis que chega Miguel com as duas bebidas...

- *Então, Miguel, conta vá...*

- *Então, é assim: Lembras-te do acidente que vitimou mortalmente a Sofia?...*

- *Claro que sim. Eu amava a Sofia e andava com ela na altura, lembras-te?...*

- *Sim, eu sei... Ela morreu. Isso é um facto. Num acidente de viação. Outro facto. Mas estás-te a esquecer dum pequeno pormenor. Por acaso colocaste a hipótese dela se ter suicidado?...*

- *Impossível...gritou Rafael.*

Miguel ficou com um olhar confuso e distante. O mundo desabara a seus pés. Seria possível?!...

- Não só é possível como é a mais pura da verdade, Rafael. Foi encontrada uma carta de despedida para ti dentro da mala dela. O Inspector Chefe, que te conhece, e que é um grande amigo teu, quis poupar-te a essa dor maior e fez com que pensasses que tivesse sido um acidente de viação normal como qualquer outro. E assim não sofrias desnecessariamente, percebes?...

- E o que dizia a carta?...

- Espera. Já chegamos lá... Este caso foi arquivado e, a semana passada eu estava à procura dum ficheiro, a mando do Inspector Castro, e no meio dos "Casos por resolver", vi lá o processo de Sofia. Por curiosidade folheei o processo dela, pois se foi um acidente de viação, como poderia estar entre os casos por resolver?... O que faltava resolver ali?... Era tudo anormalmente estranho. Muito estranho. E continuei folheando à procura de respostas. Agora eu também precisava de respostas. Talvez se eu as achasse, pudesse te responder a algumas dúvidas tuas, e quem sabe te ajudasse a encontrar algumas das respostas que precisas?... Mas surgiu-me ainda mais uma pergunta: Porque raio estaria na alçada da PJ um acidente de viação se isso não é da nossa competência mas sim da PSP ou da GNR?... Só depois de continuar folheando o

processo, me apercebi que como a PSP deu de caras com a carta de suicídio entregou

o caso à PJ para averiguações, entendes?... O Chefe arquivou o processo. Só não

*consegui perceber, nem percebo, porque isso é um **caso por resolver?**... Não há nada*

para resolver aqui...Ou há?... Se há precisamos de descobrir o que é... Claro que há

algo aqui que não bate certo e só agora me apercebi disso. Quase que por acaso.

Aliás, por puro acaso...

- Nada acontece "por acaso"... Se Deus permitiu que eu descobrisse isso agora, é

porque Ele está a tentar dizer-me algo com tudo isso. Deus permitiu que, durante todos

esses anos, eu pensasse que tinha sido apenas um acidente de viação para que eu não

sofresse mais do que aquilo que eu poderia aguentar. Isso eu compreendo... Só não

compreendo porque Deus permitiu que eu descobrisse a verdade passados tantos anos

depois. Porquê?... Porquê?...

E chora. Chora derramando toda a sua dor e Miguel abraça-o, reconfortando aquele amigo que já não tinha mais nada a sofrer. Apenas restava-lhe a resignação. E o silêncio. Mas Rafael não se resignava. Rafael não se calava. Nem nunca se calaria. Pelo menos, até saber a verdade…

- A carta?... Onde está a carta?...

- Aqui comigo. Queres lê-la agora ou preferes que ta dê depois, quando estiveres mais

calmo?...

- Agora Miguel... Por favor...

Miguel abriu sua carteira e puxou de lá um papel que parecia gasto por longos anos. Simplesmente estava gasto pelo sofrimento de quem o lia.

Rafael derramou suas lágrimas ao ler:

Rafael:

Temo que ao leres essa carta, eu já não me encontre entre os vivos. Sei que o suicídio não é, nunca foi, nem nunca será, solução para nada mas simplesmente não conseguia viver mais na mentira em que vivia. Amaste-me muito, eu sei. Mas também sabes que nem sempre esse amor foi correspondido por mim, Pelo menos, ao princípio. Depois amei-te! Amei-te como só uma mulher sabe amar. Com alma de mulher. Mas infelizmente eu tinha outras prioridades na minha vida. Acabar o Curso de Enfermagem, por exemplo. E, como não tinha dinheiro suficiente para a Universidade, para a renda do quarto onde estava, e para a alimentação, obriguei-me a fazer o que nunca esperava: Prostituí-me. Primeiro, comecei pela prostituição. Depois uma colega minha falou-me dum bar em que nós poderíamos dançar e fazer strip e saía mais em conta, ganhávamos muito mais, e aceitei logo, visto não ter de me prostituir mais e isso sem falar no facto de ficarmos muito mais seguras a trabalhar no bar do que directamente nas ruas. Ou, pelo menos, pensava que assim fosse. Mas, com o o passar do tempo, o dono obrigou-nos a receber clientes em privado e quando dei por mim estava na prostituição outra vez. De repente engravidei e isso foi o suficiente para que a minha cabeça virasse um caos. E não merecias que eu te traísse. Aliás, nunca o mereceste. Tenho a consciência, e a certeza, disso. Senti-me nojenta. A mulher mais nojenta do mundo. De repente, meu ex-namorado, o Filipe, foi ao bar e quando me viu a dançar, procurou o dono e pediu um privado comigo. Aceitei mas não sabia com quem era. Para mim era indiferente. Precisava do dinheiro na mesma. E mesmo que não quisesse, o "Big Boss" não deixava, se é que me entendes?... Mais valia mesmo aceitar, ganhar uns trocos e não me chatear. Tinha esperança que um dia pudesse sair daquela situação mas as coisas agravam-se a cada dia... Bem, voltando ao provado... Que diferença fazia o homem com quem me deitava?... Quando vi que era o Filipe, eu nem queria mas depois acabei por aceitar. É como te disse: Eu precisava do dinheiro. Mas depois caí em mim e expliquei-lhe que tudo aquilo tinha sido um erro e pedi-lhe que nunca mais me procurasse. Nunca mais o vi mas simplesmente não conseguia viver mais com aquela traição na minha consciência e a culpa, e remorso, da vida dupla que vivi nas tuas costas. E pela traição na tua ausência. Sim, porque se já era mau eu ter de me prostituir e ter de te esconder isso, imagina como me senti depois de ir para a cama com ele?... Senti-me mal, muito mal... Pior me senti quando descobri que estava grávida. Podia até ser dele. Sei lá. Também nem quero saber. Simplesmente já nada interessa e já é tarde demais para tentar mudar alguma coisa, se é que me entendes?... Queria contar-te desde o princípio, e até pensei em pedir-te ajuda mas sabes como é a essa coisa do orgulho. Nunca quis rebaixar-me a ti e acabei por me rebaixar a qualquer um e a todos os que me aparecessem pela frente. Foi injusto da minha parte e eu sei disso. Nunca te consegui contar nada disso e isso tornou-se numa bola de neve. Essa bola cresceu e virou avalanche. Quando marcaste o encontro comigo, pensei que tivesses descoberto alguma coisa. Decidi ir ter contigo mas antes decidi escrever-te essa carta. Matar-me-ia pelo caminho e a carta haveria de te chegar às mãos e o resto havia de ser o que Deus quisesse. Pelo menos não estaria cá para ver... Antes a morte do que enfrentar a vergonha de te encarar e ter de te explicar tudo. Matei-me para não te magoar. Parece paranóia mas não é. Não merecias o que te fiz. Não mereço o teu Amor. Minha vida acaba aqui e agora. Amar-te -ei sempre. Perdoa-me se conseguires. Compreende-me se puderes...

Tua sempre...

Sofia

Rafael nem queria acreditar no que acabara de ler. Aquilo não lhe estava a acontecer. Ele preferia nunca saber a verdade. Talvez não doesse tanto. Mas aquilo era real. Tão real que era verdade. Ela o tinha traído e, pior, enganado esse tempo todo. Rafael sabia que estava muitas vezes ausente, mas daí a trai-lo?... Não. Ele não merecia isso... E o pior é que Sofia sabia disso e mesmo assim o traiu. Quem é que disse que o amor é justo?... Quem disse que a vida é justa?... Ela matou-se mas também matou ao filho (*sim, porque era uma vida que se gerava dentro dela...*). Como fora ela capaz?... Que ela o tenha traído, até podia tentar compreender. Que matasse um filho não só não era capaz de compreender como era incapaz de perdoar. Rafael chorava amargamente... Desesperava berrando, soltando-se da dor, do ódio, dum misto de desolação e mágoa com desespero e raiva contida. Porquê?... Porque ela o tinha traído?... Porque não foi ela capaz de telefonar quando se sentiu demasiado só e carente?... Ou quando, simplesmente, precisou de dinheiro?... Estivesse onde estivesse, Rafael largaria tudo para ir ter com ela. Bastaria pedir. Ela sabia disso. Porque nunca o fez?... Porque não se queixou ela?... Porque não o procurou?... Porque não disse o que sentia?... Porque no seu ombro não chorou?... Ele ter-lhe ia entendido, acolhido, percebido, enfim... ter-lhe-ia amado. E ela não se sentiria nem só nem carente. E nunca o trairia. O bebé tinha apenas ido uma consequência dum acto mal pensado e nunca a razão para aquele problema nem, muito menos, o motivo para o suicídio. Fora apenas "ossos do ofício", como diria Sofia se estivesse viva. O verdadeiro problema de Rafael tinha sido a traição. E não o resultado desta. Miguel amparava-o, abraçando-lhe, e dando-lhe o seu ombro para chorar. Chorou durante muito tempo, até que por fim adormeceu de cansaço. Miguel deitou-o no sofá da sala, e cobriu-lhe. Foi fazer um chá de camomila e deixou arrefecer um pouco. Bebeu uma chávena e recostou-se na sua poltrona na sala. Iria apenas relaxar um pouco. Afinal tudo aquilo também tinha sido muito desgastante para ele, pois mesmo sabendo que iria magoar o amigo, ele não tinha outra alternativa senão contar a verdade a Rafael. Ele tinha de dar a conhecer a verdade a Rafael por mais que o magoasse dar-lhe a conhecer essa verdade. Miguel não tinha tido alternativa e fez o que achava ser o melhor: Revelar a verdade. Pelo menos Rafael iria perceber que a morte dela não era culpa dele mas sim dela por se ter matado. E ele haveria de se livrar da sua "culpa". Mais tarde ele haveria de perceber isso. O mais importante agora era Rafael recuperar do choque que a traição de Sofia lhe causara. E isso para não falar do impacto que tinha tido quando ele soube da forma como ela o tinha traído. Porque ela não lhe contou que precisava de dinheiro?... Ele era namorado dela. Dar-lhe-ia, sem hesitar, o que ela precisasse, mas simplesmente ela não o fez. E isso é que nunca chegaria a compreender. Por orgulho?!... Onde estava o orgulho dela quando se começou a prostituir?... Rafael estava simplesmente arrasado.

*

Filipe era advogado. Vivia em Lisboa. Acostumado a defender a máfia de colarinho branco. Era um nojento. Um arrogante de primeira. Como fora Sofia capaz de descer tão baixo ao ponto de o trair com ele?... Com ele?... Com todos menos com ele. Rafael era capaz de compreender a dificuldade dela em arranjar dinheiro para se sustentar a si e conseguir pagar a Universidade. Ele era capaz de compreender até o motivo dela se ter metido na prostituição mas nunca compreenderia como fora ela capaz de ter ido para a cama com o ex-namorado, se ele lutou tanto para que ela recuperasse da desilusão que este lhe causara. Filipe já tinha sido namorado de Sofia mas este traiu-a e ela largou-o. Na altura em que já começava a recuperar da desilusão, conhece Rafael e depressa apaixona-se por ele. Amável e muito atencioso, Rafael era um mestre do charme. Mas Rafael parecia não ter consciência disso, o que lhe dava um certo ar inocente, o que agradava, e muito, às mulheres que o rodeavam. E não eram poucas. Mas Rafael nunca deu esperança a nenhuma delas. Até ao dia de conhecer Sofia. Ainda se lembrava desse dia...

Conheceu-a num bar. Ela estava numa tuna académica. Aquela era a última actuação junto com seus colegas da tuna e da Universidade. Eles cantaram com alma. Era a derradeira despedida. Ela cantou a última música. Ele apaixonou-se no primeiro minuto. O resto o tempo criou. E eles apenas o viveram. Viveram intensamente o seu amor, de tal forma, que depressa Sofia esqueceu Filipe... E o tempo passou. A mágoa se foi. Agora, de novo, o medo voltava...

Longas horas depois, Rafael acorda... Já é noite e Rafael tinha perdido a noção do tempo. Miguel pediu-lhe que passasse lá a noite. Rafael agradeceu muito o convite, e por tudo o que lhe havia feito, mas prefere partir. Afirma precisar estar sozinho.

- Como quiseres Rafael. Sabes onde moro e tens o meu número. Podes sempre cá vir.

Quando precisares. Quando puderes. Sempre que quiseres...

- Eu sei amigo, eu sei...

Abraçaram-se e Rafael partiu... Meteu-se no carro e voltou a Lisboa em direcção a casa. Rafael ligou o CD e, ao som de nostálgicas baladas, chorou... Chorou sem saber bem o porquê... Apenas sabia que, simplesmente, precisava chorar... Não sabia se chorava pela traição que não esperava, se pela dor que julgava adormecida... E que agora se tinha tornado brutalmente maior, enfim, chorava por tudo... E não conseguia aceitar nada. Mas de uma coisa tinha a certeza... Tinha de esquecer Sofia custasse o que custasse. Afinal, ela nunca tinha sido digna do amor dele. Esse alguém, digno do seu amor, haveria de aparecer um dia, mas primeiro tinha de aliviar a dor da perda, a sensação de traição, e seguir em frente sozinho. No meio do caminho, alguém o tiraria da solidão em que vivia e amar-lhe-ia como ele merecia. Rafael tinha a certeza disso. Porque tudo o que se dá volta para nós. É a *lei do eterno retorno*, e é, provavelmente, uma das leis mais justas que Deus criou. Portanto, tudo o que recebemos foi aquilo que um dia demos. E Rafael sabia o que tinha dado e sabia que Deus o iria recompensar.

Sofia já tinha pago pela que fez. Pagou com a vida, infelizmente, mas ela é que decidiu levar aquele tipo de vida, ela é que decidiu matar- se, logo ele não tinha de se culpar de nada, nem por nada. Poderia finalmente seguir em frente e em paz. Pelo menos em relação à culpa que tinha, ou que julgava ter, em relação à morte de Sofia... Mas o pior é que quando se ama se fica cego e, muitas vezes, aquilo que está frente à do nosso nariz, muitas vezes não enxergamos. Mas desta vez Rafael tinha a certeza de estar a enxergar bem. Ela tinha traído a confiança dele e, como se não bastasse, havia ficado grávida doutro homem que, por sinal, ela não sabia quem era. Simplesmente imperdoável. Não podia haver perdão. E decide que no dia seguinte iria falar com o Dr Filipe a Lisboa para tentar perceber mais algumas coisas. Chegou a casa e tomou um duche. Nem chegou a comer. Apenas fumou um cigarro e deitou-se. O dia tinha sido tão desgastante, e todas aquelas descobertas tão esmagadoras, que depressa adormeceu...

*

No dia seguinte acorda pelas nove e pouco da manhã, toma um duche e decide escrever antes de começar a fazer qualquer coisa. Primeiro precisava acertar as ideias e nada como escrever um pouco para conseguir isso. E escreveu:

A dor da mentira

Existem certas coisas que não consigo compreender; porque me mentem, por exemplo.

Se uma pessoa me mente é porque tem algo a esconder... E simplesmente me pergunto:

Porquê?... Se uma pessoa me está a mentir, algo me está a esconder, e simplesmente

não percebo porque essa pessoa me esconde alguma coisa... Será que essa pessoa não

compreende que só a vou aceitar, e admirar, se ela for verdadeira para mim?... Só a

verdade me faz admirar algo ou alguém. Houve alguém que me mentiu há bem pouco

tempo. E essa pessoa era, e é, muito especial para mim. E o que doeu mais foi isso...

Senti que não merecia aquilo. E voltei a perguntar-me: Porquê?... Que necessidade

tinha essa pessoa de fazer o que fez?... Ela não tinha, nem tem, necessidade de me dar

essa dor. Então, porque o fez?... Cansei-me de tantos "Porquês?"... E limitei-me a

aceitar que a fraqueza foi dessa pessoa e não minha, e não tinha de me sentir culpado.

Afinal, não fui eu que menti... Mas doeu saber que certas pessoas para poderem

enfrentar a realidade, sentem a necessidade de mentir. Mesmo que isso magoe alguém.

Mesmo que esse alguém seja eu. Ou tu. Ou quem quer que seja... E é por certas

pessoas serem assim que não as compreendo. E nem as consigo compreender. E por

isso é que dói ... Por vezes gostava de perceber o "comportamento humano", mas

quem sou eu para querer isso?... Isso, ou alguma coisa?... Se essa pessoa me mentiu, então não sou eu que tenho de me sentir mal mas sim essa pessoa. Mas acho que já sei porque me senti, e sinto, mal com uma fraqueza que não foi minha, com uma atitude que não é, nem nunca será, a minha... Eu disse que essa pessoa era, e é, muito especial para mim... Desculpem mas eu menti... Essa pessoa já foi muito especial para mim mas já deixou de o ser, e deixou de o ser no dia em que me mentiu... Pois quem me mente não merece a minha amizade quanto mais o meu coração...O esquisito é que não deveria doer... Mas ainda dói... Dói bastante!... E o que mais dói é não saber porque doeu assim tanto...

E porque ainda dói...

Acabou, fechou o portátil e procurou na lista telefónica o número de telefone do escritório de advogados onde trabalhava o *Dr Filipe Nogueira*. Ligou e acabou por marcar entrevista com ele para o final da tarde. O dia passou e à hora combinada lá estava Rafael. A secretária mandou-o entrar e...

- *Sr Rafael Barros, a que devo a honra de sua visita?...*
- *Dr Filipe, o assunto é extremamente sério. Peço-lhe que respeite isso.*

- Mas diga, diga... Tal como tudo na vida, vou levar essa conversa o mais seriamente possível.

- Trata-se da Sofia Goulart.

- Tua ex?... O que posso ter a ver com isso?...

- Talvez tudo ou talvez nada mas é isso que já vamos saber...Vou directo ao assunto pois não tenho tempo a perder e penso que o senhor também não...

- Retire o senhor, deixemo-nos de formalidades, e vamos directamente ao que interessa. O que te pode incomodar tanto após cinco anos da morte dela?...

- É assim: Sabias que ela se tinha suicidado?...

- Claro que não. Tens a certeza do que me dizes?...

*- Tenho, senão não te estaria dizendo isso. Um amigo meu da Polícia Judiciária achou o ficheiro dela nos **casos por resolver** da PJ. Achou estranho, averiguou e descobriu, entre os papéis do ficheiro dela, uma carta de despedida dirigida a mim. Lá nessa carta, ela conta que não tinha dinheiro para pagar os estudos, alimentação e renda, e decidiu prostituir-se sem que ninguém soubesse. Na altura ela andava comigo e escondeu isso de mim, como é óbvio. Depois começou a dançar num bar de alterne e começou a receber "privados". Num desses privados, ela teve relações com alguém e, como não soube tomar as medidas de precaução adequadas, engravidou sem nunca saber quem era o pai. Não aguentou tanta merda junta e matou-se... Durante muito tempo culpei-me de ter marcado um encontro com ela em Lisboa e como ela vinha de Cascais apanhou a auto-estrada. Morreu pelo caminho e pensei ser minha a culpa*

daquele acidente, visto ter marcado aquele encontro mas o acidente foi propositado e, como podes ver, não tive culpa nenhuma daquela acidente ter acontecido...

- Não. O que me estás a contar é demasiado forte e inacreditável. Tens a certeza do que me dizes?...

- Tenho. E também já devias saber alguma coisa pois um dos últimos privados que ela teve foi contigo, lembras-te?...

- Sim, lembro-me perfeitamente. Só que te estás a esquecer de um pequeno pormenor... Não fui lá para ver a Sofia. Repara que eu nem sabia que ela lá trabalhava. Vamos começar pelo princípio... Quando comecei a andar com a Sofia eu expliquei-lhe que a minha profissão não me deixa muito tempo livre, e toda a mulher requer muito tempo dum homem para que este lhe possa dar atenção, e esse tempo eu não tinha, nem nunca teria, para ela, logo nunca lhe prometi nada de muito sério da nossa relação. Ela sabia que não podia esperar muito de mim.

- Mas?!...

- Espera... Como advogado muitas vezes tenho de defender pessoas, e causas, que vão contra os meus princípios, mas como advogado não me posso recusar a fazê-lo. Como pessoa, tento ser o mais sincero possível e nunca minto. Ou pelo menos, tento, dentro do possível, claro. Como advogado não posso dizer o mesmo, entendes?... Quando muita gente, a nível profissional, me acha arrogante, quem me conhece a nível pessoal, sabe que eu não sou assim. Mas voltando à Sofia, como não tinha muito tempo para ela e, como raramente vou a Cascais, porque não tenho muito tempo livre, a *relação foi-se deteriorando e, com o passar do tempo, ela já não significava nada para mim. E meti-me com outra pessoa que vivia, e vive, em Lisboa. Sei que a traí sem necessidade nenhuma pois eu devia a ter avisado primeiro antes de o fazer, o que não aconteceu. E aí eu assumo que foi culpa minha. A partir daí, se ela começou a andar com outra pessoa, nesse caso contigo, acho que ela tinha todo o direito de refazer a sua vida amorosa. Mas eu não tenho culpa se ela se prostituiu, se ela foi dançar para esse bar de alterne, ou se simplesmente me cruzei com ela nesse mesmo bar enquanto ela actuava. Marquei um privado com ela, não para ter relações sexuais com ela, mas sim para lhe chamar a atenção para o tipo de vida que ela estava levando sem ter necessidade nenhuma de o fazer. Ela realmente desabafou bastante comigo e pareceu-me bastante confusa na altura. Disse-lhe que o melhor que ela tinha a fazer era largar aquele tipo de vida, e arranjar um emprego, nem que fosse em part time, e levasse a vida aos poucos como toda a gente faz. Ela simplesmente disse que já estava tão enredada naquilo que, mesmo que quisesse, que o dono do bar nunca a deixaria sair e que ela até já temia pela sua vida. Se tentasse sair, morreria de certeza. Ofereci-lhe ajuda mas ela, simplesmente, não quis. Disse que ainda tinha uma última alternativa. O que nunca pensei é que essa alternativa fosse o suicídio, entendes?...*

- Estou a ver. Acredita Filipe, que já nem sei o que pensar. Vou mas é enterrar o assunto "Sofia Goulart" numa gaveta, fechar à chave e atirar a chave para bem longe, porque a mim esse assunto já não diz nada. Ela prostituiu-se porque quis e matou-se porque foi cobarde. E nunca porque não tinha mais nenhuma alternativa nem

ninguém a quem recorrer para lhe ajudar. Bem, vou-me embora. Tenho muito que fazer e o dia não estica... Fica bem. E desculpa se te incomodei com um assunto tão delicado como esse.

- Ora amigo, e não são de assuntos delicados que eu trato no meu dia a dia?... Eu é que já não tenho idade para mudar de profissão porque senão é o que eu faria, acredita...

Despediram-se e Rafael partiu. Entrou no seu carro e foi para casa. Rafael não sabia o que pensar. Tinha criado uma ideia errada sobre Filipe. Afinal, ele não parecia ser tão má pessoa quanto isso. Já nem sabia o que pensar. Talvez uma conversa com Júlia lhe fizesse bem. E pensou mesmo em telefonar-lhe mas agora não era a melhor altura para pensar no assunto. Precisava primeiro estar sozinho e, quem sabe até, chorar. Decidiu chegar a casa e escrever mas estava tão cansado que adormeceu em frente ao computador. Horas depois acordou, e aproveitando que estava em frente ao computador, escreveu e, ao acabar, leu o que tinha escrito...

Dez e meia da noite... Lá fora chove torrencialmente e o vento sopra de tal maneira que assusta os mortos. Mais uma noite de Outono com sabor a Inverno. Mais uma noite fria aqui só em meu quarto. Mais uma noite da minha vida. Dessa vida não vivida. Num sentimento sem sentido. Por um pensamento perdido. Nessa noite, nesse quarto. Nessa solidão desmedida. Enlouqueço e de novo parto. Em direcção à despedida. Despeço-me de mim e do meu "EU". E volto ao meu corpo carnal. E tudo o que era meu. Ficou no além espiritual. E voltei ao mundo vazio. E vazio fiquei. E vazio ainda estou. E vazio eu me sinto... Tal como nesta noite de Outono com sabor a Inverno, onde o vento sopra fortemente que até assusta os mortos, e chove intensamente... E nela me perco como em outra noite qualquer...

Amar alguém/ Amar uma ideia que temos de alguém?...

Houve hoje algo que me incomodou o suficiente para me pôr a pensar no seguinte: Quando amamos alguém, ou julgamos amar, amamos esse alguém ou a ideia que temos desse alguém?... Para responder a isso, vamos ter de verificar algumas coisas primeiro, seguindo um raciocínio lógico depois, e tentaremos juntos encontrar uma resposta no fim. Vamos por partes: O que aparento ser não é aquilo que realmente sou. O que aparento ser é uma percepção que os outros têm de mim, e não EU. E eu não sou nem uma aparência nem uma ideia; sou bastante real!... Agora, uma pessoa pode apaixonar-se por mim, ou por uma ideia que faz de mim, sendo induzida ao erro nesse caso, quando se julga amar-me, pois ama uma ideia de mim e não a mim. Ama uma ideia e não uma pessoa. E, tal como qualquer ideia, um dia dissipa-se e a pessoa passa a ver-me como realmente sou e não como me idealizou. Deixa de ver a ideia para passar a ver a realidade. Nessa altura, e pessoa repara que a ideia que faz de mim, não é igual, nem sequer parecida, como aquilo que sou... E tem um choque. E tem esse choque pois idealizou-me duma forma perfeita, ou seja, como gostaria que eu fosse, e não como realmente sou. E quando conheceu a realidade, ou seja, a mim como realmente sou, desiludiu-se pois viu que eu não era, (nem sou!), perfeito, e deixa de me amar, pois cria uma nova ideia de mim, ideia essa que apesar de continuar longe do que realmente sou, está muito mais longe do que essa pessoa gostaria que eu fosse, e logo já não sirvo para essa pessoa. E do amor passa ao ódio, pois a segunda ideia que a pessoa faz de mim, por não ser perfeita já não a satisfaz, e consequentemente, já não me ama, e pura e simplesmente me passa a odiar ou, no mínimo, passa a ser indiferente a mim e à minha pessoa. Quando amamos alguém, vemos nesse alguém algo que nos preenche e completa. E por isso amamos essa pessoa. E por ser assim, nós a julgamos perfeita, e como a perfeição não existe, um dia deparamos com a realidade, partindo para a desilusão depois, e para o ódio consequentemente. E para a indiferença em determinados casos consoante aquilo que um dia sentimos, ou julgamos ter sentido, por essa pessoa. Quando se ama alguém, não por aquilo que gostaríamos que essa pessoa fosse, mas sim pelo que realmente ela é, aí amamos essa pessoa e não uma ideia que fazemos dela,. Aceitamos simplesmente. E amamos naturalmente. E por mais que a gente se desiluda com essa pessoa, no fundo a amamos pelo que é, e não por aquilo que aparenta ser e/ou que gostaríamos que ela fosse. No fundo, a amamos como realmente é, e isto é que é o verdadeiro Amor. Quem não compreende isso é sinal que nunca amou, pois nunca se ama uma ideia mas sim uma pessoa. E quem não consegue entender isso, se julga que um dia amou, digo-lhe agora que nunca amou ninguém... Pode até ter amado, mas não uma pessoa, mas sim uma ideia que tinha dela e/ou que projectava nela. E quem já realmente amou alguém pelo que era e não por aquilo que aparentava ser, então esse alguém já amou e, consequentemente, já conheceu o Amor. E isso não é uma ideia. É bastante real... Quanto a mim, amo alguém! Mas amo essa pessoa pelo que é, e não por aquilo que aparenta ser e/ou pelo que eu gostaria que ela fosse. Pois eu só a amo por ser quem é, e não por algo que eu desejava que ela fosse, pois isso seria egoísmo e não Amor.

Pois se eu amasse alguém por aquilo que eu gostaria que ela fosse, amaria uma ideia minha, e nunca essa pessoa. Seria muito egoísmo, e comodismo, da minha parte. E o Amor não é egoísta. É altruísta. E, para finalizar, o Amor não é comodista. Antes pelo contrário, incomoda e faz incomodar, e este incómodo é que nos faz amar. E agora te pergunto: Amas alguém?... Ou a ideia que fazes desse alguém?... Pensa nisso... Se te incomodar esse pensamento, é sinal que já começas a amar alguém...

Atitude/Força interior

A atitude que temos perante a vida é o resultado da projecção da nossa força interior na realidade. Quando conseguimos projectar a nossa força interior duma forma positiva, e construtiva, logo conseguimos obter uma forte atitude perante a vida. Quando não o conseguimos deixamos que a vida tenha uma forte atitude sobre nós; aí ela revolta-se connosco e mostra-nos toda a sua força interior. E acaba por nos destruir. E tu?... Vais te deixar destruir pela vida ou mostrar-lhe toda a tua força interior e a venceres por aquilo que és?... Qual a tua opção?... Schiuuu.. Pensa e depois diz-me...

Depois de ler atentamente o que tinha escrito, Rafael reparou que não escrevia para ninguém em especial mas sim para si próprio, e já começava a fazê-lo confusão certas coisas que escrevia. E foi na altura em que se apercebeu disso que realmente se convenceu que precisava mesmo de falar com Júlia. E telefona-lhe a combinar encontro. À hora do costume no sítio de sempre. Algum tempo depois...

- Olá Júlia, tudo bem?...

- Tudo. Tirando o facto de nunca mais teres aparecido nem nunca mais teres dito nada...

- Sabes que precisava duns dias para poder estar sozinho mas isso agora não interessa. Interessa sim o que te vou contar. Presta bem atenção a tudo o que te vou dizer e acredita que precisas estar preparada psicologicamente para essa conversa.

- Porquê?...

- Já vais perceber...

E Rafael passou um bom tempo a explicar-lhe como tinha descoberto o suicídio de Sofia, do conteúdo da carta de despedida, da prostituição de Sofia, da gravidez inesperada dela, etc... Júlia nem queria acreditar no que estava ouvindo...

- *E como te sentes agora?...*
- *Vazio, confuso, eu sei lá... Dá-me é para escrever. O que queres que te diga?...*
- *Por acaso, tens aí contigo alguma coisa que tenhas escrito nesses últimos dias?...*
- *Comigo aqui não mas em casa sim. Queres lá ir?...*

Era a primeira vez que Rafael convidava Júlia para ir a casa dele mas, mesmo assim, e apercebendo-se que ele estava a precisar desabafar, aceita e...

- *Vamos...*

E dirigiram-se a casa dele... Chegando lá, entraram, Rafael serviu-lhe um chá e deu-lhe a ler os artigos que tinha escrito na noite anterior. Júlia leu tudo atentamente e...

- *Então, o que achaste?...*

- *É assim: No primeiro artigo que escreveste nota- se o mesmo vazio existencial que na* **"Crónica dum sábado esquecido"**. *Sentes-te perdido, e só, e não sabes o que fazer nem como agir em relação ao vazio em que te encontras nesse momento. Em relação ao outro artigo que fala sobre o amor, concordo perfeitamente com o que escreves pois só se ama alguém quando se aceita a pessoa tal como ela é, e não como gostaríamos que a mesma fosse. Se bem que me despertaste a curiosidade quando dizes que, nesse momento, amas alguém. Escusado será dizer que gostaria muito de saber quem ela é, mas isso fica para depois. Em relação ao último artigo, nota-se que tu, inconscientemente, sabes que tens de lutar para ultrapassar isso mas isso és tu a dizer a ti próprio que tens de lutar, mas conscientemente sabes que não tens forças para isso, e procuraste-me exactamente por não saberes o que fazer.*

- *Talvez até seja, mas como chegaste a essa conclusão?...*

- *Rafael, Rafael... É apenas uma das vantagens em ser mulher... Não precisa ter um sexto sentido muito apurado para perceber isso. Basta ler atentamente tudo o que escreveste para perceber como te sentes. Se fosse a ti, esquecia a Sofia porque agora, mais do que nunca, estou convencida que ela nunca te mereceu mesmo. Porque não partes para outra?...*

- *Achas que estou em condições de me entregar de novo ao Amor?... A pessoa que viesse em seguida levaria com todo esse stress emocional e não seria justo com essa pessoa, entendes?...*

- Sim, entendo perfeitamente... Mas tens de dar a ti próprio uma nova oportunidade para seres feliz, não achas?...

- Sim, eu sei... Mas agora não é o momento certo...

- Mania de adiares tudo. Enfrenta, de uma vez por todas, os teus problemas. Mostra-lhes a sua insignificância perante ti e eles simplesmente desaparecem da tua vida. E só depois disso acontecer, verás que tinha razão em tudo o que te disse até aqui.

- Talvez tenhas razão. Olha, porque não aproveitas que estás aqui, e jantas por aqui mesmo?... É uma grande ideia. O que achas?...

- Pode ser. O que estás pensando fazer para o jantar?...

- Nem sei o que tenho em casa. Porque não vamos os dois à cozinha e vemos o que há?... Depois havemos de nos desenrascar. Se não houver nada que se possa fazer, encomenda-se comida mexicana, chinesa, sei lá, qualquer coisa... Afinal o que interessa mesmo, é ter a tua companhia...

- Podes repetir o que acabaste de dizer?...

- Estava a dizer que o que é importante agora é a tua companhia e não aquilo que vamos comer... Afinal, o jantar foi uma desculpa para que ficasses...

- Hum... Interessante... Inconscientemente pensas duma forma e conscientemente pensas doutra. Tens a certeza que não tens nada para me dizeres?...

- Por enquanto ainda não. Mas quando tiver nem hesito em dizer-te. Acredita...

Acabaram por fazer o jantar juntos e prolongaram a conversa até tarde, até que por fim Júlia despediu-se. E partiu... A intimidade dos dois estreitava-se cada vez mais e a cada dia que passava, mas Rafael teimava em não assumir que já se havia apaixonado por ela. O tempo havia de fazer o resto. Se tivesse de ser. Rafael preparava-se para se deitar quando recebeu um telefonema do Dr Filipe. Precisava urgentemente falar com ele mas teria de ser pessoalmente. Rafael não aguentava a expectativa e quis que fosse mesmo por telefone. O Dr Filipe, depois de alguma insistência da parte de Rafael cedeu e...

- Tu é que sabes... Sabes, reparei num pequeno pormenor em Sofia na última conversa que tive com ela. Ela estava com os braços todos marcados por nódoas negras. Não como que se lhe tivessem batido; eram mais do tipo rasgões negros como se a pele tivesse rasgado. Será que ela estava a ser vítima de algum tipo de pressão da parte do dono do bar?... Se calhar ela até queria sair daquele tipo de vida e não a deixassem?... São perguntas que ficam no ar mas que faço todos os minutos desde que tivemos a nossa conversa. Nem sei o que pensar. O que achas?...
- Amanhã telefono-te e já te digo alguma coisa...

E desligou... O Dr Filipe estranhou, e muito, o facto de Rafael não ter dado muita importância ao assunto mas de qualquer maneira descarregou a sua consciência ao dizer-lhe aquilo. Se ele tivesse de lhe telefonar, telefonaria. Ia deitar-se sobre o assunto e logo se veria. Entretanto Rafael telefona a Miguel e conta-lhe tudo o que se havia passado. Marcaram encontro para o dia seguinte e Miguel pede a Rafael que leve a carta de despedida que este lhe havia entregue. Tinha de a pôr de volta no ficheiro de Sofia mas convinha eles lerem juntos a carta de novo antes de a devolverem aos *"casos por resolver"* da PJ. Talvez algum pormenor lhes tivesse escapado. E realmente eles repararam que na carta de suicídio, Sofia afirmava que o patrão a tinha "obrigado" a receber privados. De que forma o patrão a havia obrigado a fazer tal coisa?... Com violência, certamente. Só precisavam de saber como. Miguel prometeu que falaria como o Inspector Chefe, o Inspector Castro. E se depressa o disse, mais depressa o fez. Falou com ele e explicou toda a situação desde a descoberta do ficheiro de Sofia Goulart até ao momento em que eles haviam reparado naquele pequeno pormenor. Miguel levou uma grande repreensão do Inspector Castro porque mesmo sendo Rafael um grande amigo de ambos, aquele ficheiro era um assunto confidencial da PJ e nunca poderia chegar às mãos de um cidadão comum, mesmo sendo esse cidadão o Rafael. E perguntou-lhe:

- Achas que esconderia de Rafael o facto dessa carta existir só para não o magoar

ainda mais?... Não vês que é muito mais do que isso?... Eu descobri que Sofia

trabalhava num bar de alterne e, ao princípio, investiguei por conta própria sem saber

que iria descobrir uma rede de tráfico de pessoas e de prostituição a nível

internacional. Essa rede começou em Espanha através dum tal de Ramon Gonçalez e

sua parceira Juanita Perez. Os dois começaram por falsificar documentação para

ganharem algum dinheiro. E uma coisa levou à outra. Começaram por falsificar

muitos documentos para cabo verdianos, ucranianos e brasileiros. Até que por fim

conhecerem aqui em Lisboa um tal de Barbosa, que precisava de vários bilhetes de

identidade e passaportes falsos para várias pessoas de países de leste e do Brasil. E

começaram a fazer muito dinheiro com esse tal de Barbosa, e depressa travaram

amizade com ele. Afinal dava jeito eles serem amigos porque esse tal de Barbosa lhes

dava muito dinheiro a ganhar, entendes?... Mas o Barbosa também ganhava muito com

esses dois espanhóis porque as vendas de passaportes e bilhetes de identidade falsos

cresceram, e muito, e logo isso traduziu-se em muito mais dinheiro a entrar na

algibeira do Barbosa. Conclusão: Esse Barbosa começou, com mais esse amigo seu, o

Pedro Ferro - (não sei se conheces... tem um cadastro que mete vergonha a uma casa

de banho pública; roubo, extorsão, tráfico de estupefacientes e de pessoas, burla,

etc...) - a tirarem prostitutas da rua para abrirem um negócio de prostituição e

abriram esse bar de alterne. À maneira que a coisa foi dando dinheiro suficiente, eles

expandiram o negócio e hoje em dia eles trazem mulheres de qualquer parte da

*Europa, América Central, etc... E trazem-nas para aqui com promessas de virem ganhar montes de dinheiro e as metem as dançar no bar. Quando elas pensam em desistir, eles ameaçam-nas com dispositivos de descarga eléctrica como aqueles que a polícia tem. Percebes agora os rasgões na pele de Sofia e porque ela diz na carta que era "obrigada" a receber privados?... E tudo isso com uma simples carta de Sofia. Vê se deixas de falar com o Rafael, ou com que quer que seja, sobre esse assunto. Não estragues a operação. Estamos quase a desmantelar a rede aqui em Portugal. Já desmantelamos em **Londres** com a ajuda do **Interpol**, da **Scotland Yard** e do **FBI**. Falta agora em **Espanha** e, por consequência, em Portugal. Entendeste?...*
- Sim, Chefe.

E saiu... Miguel nem queria acreditar no que tinha ouvido da boca do Inspector Castro e, como não conseguiu aguentar, foi correndo ao encontro de Rafael e apressou-se em contar-lhe tudo, mas fez Rafael prometer que não comentaria nada com ninguém, principalmente com o Inspector Castro, porque mesmo sabendo serem os dois grandes amigos, o Inspector Castro nem hesitaria em expulsá-lo da PJ caso viesse a descobrir aquela fuga de informação da parte de Miguel...

- Onde a Sofia se foi enfiar... Desde que apareceu o processo da Casa Pia e essa cena do Bibi, que têm sido desmanteladas várias redes de pedofilia e de prostituição.

Impressionante até que ponto o ser humano é capaz de ir, e de chegar, para satisfazer os seus desejos animalescos e doentios e, às vezes, apenas para ganhar algum dinheiro... Impressionante... Mas uma vez que não fui capaz de ajudar Sofia em vida, hei-de ajudá-la após a sua morte. E sua alma há-de ter paz. Verás...

- Rafael, promete-me que não prejudicas a investigação?...

- Prometo-te! Achas mesmo que era capaz?... Não só não vou incomodar como vos vou ajudar. Conheço a pessoa certa para acelerar esse processo. Despediram-se e, na mesma altura, Rafael telefonou ao Dr Filipe.

- Sim, estou?... Dr Filipe, sou eu Rafael... Essa linha é segura?...

- Seguríssima. Sou advogado, lembras-te?... Todas as conversas que os meus clientes têm comigo têm, forçosamente, de serem seguras. Estás à vontade... Diz, diz...

- Mas tens de me prometer que não te envolves no caso e que, diga o que te disser, esse assunto morre contigo. Só quero saber se tens conhecimento de alguma coisa, certo?...

- Certo!

E contou-lhe tudo... O Dr Filipe nem queria acreditar em tudo o que estava a ouvir. Onde Sofia tinha ido parar. Mas isso agora era apenas um pormenor. Havia necessidade de fazer algo para desmantelar aquela rede de prostituição sem comprometerem a investigação da PJ. Mas como?...

- Rafael, dá-me uns dias para fazer alguns telefonemas e depois contacto-te a dizer qual será o nosso próximo passo. Temos de ser cautelosos. Um passo em falso e a investigação vai toda por água abaixo. O Inspector Castro não sabe que nós sabemos de alguma coisa e se vier a descobrir que a investigação falhou por causa da nossa intromissão ainda nos damos mal, entendes?... Não faças nada sem que eu te contacte, entendido?...

- Não te preocupes. Esperarei pelo teu contacto.

*

Os dias passam-se e nem sinal do Dr Filipe. Rafael sabe que isso são coisas que levam

tempo a serem resolvidas mas mesmo assim estranha tanta demora e decide entrar em

contacto com ele. Telefonaria depois do jantar a marcar encontro. Rafael entretanto

decide esticar as pernas na sala e liga a televisão.

Estava a dar as notícias e, de repente, uma notícia de última hora o chamou à atenção.

Tinha sido detido, no aeroporto da Portela, um casal de espanhóis. De nomes *Ramon*

Gonçalez e *Juanita Perez*. Rafael nem queria acreditar que o tal casal tinha sido detido.

Agora seria muito mais fácil a rede ser desmantelada. E era essa a sua esperança. Se a

rede fosse desmantelada seria feita justiça. Sofia poderia finalmente ter paz e muitas

prostitutas seriam reencaminhadas para instituições de recuperação e de reinserção social. E finalmente ela poderia ter paz. Paz. Só queria paz... Mas essa tornava-se casa vez mais utópica na vida de Rafael. Havia uma hipótese remota de Rafael ser feliz. Júlia. Júlia era certamente uma pessoa que o poderia fazer muito feliz mas Rafael achava não estar preparado para mais outra dose de Amor. O Amor, para Rafael, já metia medo. Sentia um calafrio na espinha sempre que pensava no Amor. Mas um dia falaria com Júlia. Um dia?... E porque não hoje?... E porque não agora?... E Rafael telefona a ela a marcar encontro. Cerca de duas horas depois, ela aparece. Estava cansada da viagem e logo que entrou caiu nos braços de Rafael. Rafael estava a precisar daquilo muito mais do que ela e nem se apercebia disso. Mas agora que estava em seus braços, sentia uma tal impotência ao querer sair que, teve forçosamente de admitir, pelo menos a si próprio, que se havia apaixonado perdidamente por ela. E fizeram amor... Finalmente não aguentaram mais e enroscaram-se um no outro de tal maneira que fizeram amor duma forma selvagem. Mas linda... Era o instinto animalesco deles a falar mais alto. Tal era a necessidade de se possuírem. Como que se devessem aquilo um ao outro há muito tempo. E realmente era verdade. Eles já estavam a querer aquilo há muito tempo, embora não o admitissem nunca. Mas é aquilo que as pessoas não admitem precisar, que mais precisam. Depois de fazerem amor, deu-lhes fome e foram até à cozinha comer alguma coisa. Depois de comerem, sentaram-se na sala e ligaram a televisão com o intuito de verem um filme antes de irem dormir... (*Era apenas mais uma desculpa para estarem abraçados de conchinha bem juntos um ao outro...*). E as notícias sobre **Ramon Gonçalez** e **Juanita Perez** ainda davam que falar. Mais um indivíduo tinha sido detido para averiguações. O contacto deles em Portugal era um advogado de Lisboa que servia, não só de intermédio entre os espanhóis e o tal de Barbosa, como fazia muitas vezes desaparecer algum processo que se levantasse contra alguém daquela organização. Ainda se descobriu que esse advogado tinha contactos nos *Serviços de Estrangeiros e Fronteiras* e que, através desses contactos, toda a logística e documentos necessários para a entrada ilegal no país era acelerado. Daí que nunca se descobrisse nada. A rede estava muito bem organizada, e cada vez mais enraizada na Europa, e a ganhar cada vez mais associados. Qual não foi o espanto dos dois quando ouviram o nome do advogado que pertencia à organização: O Dr Filipe Nogueira. Agora Rafael começava a perceber o silêncio dele em relação ao tal telefonema. O Dr Filipe Nogueira quando viu que a PJ estava a aproximar-se muito deles, e cada vez mais rápido a cada dia que passava, decide avisar *Ramon* e *Juanita* e eles vieram a Portugal para resolverem o assunto. Entretanto foram presos. Rafael queria ir ao aeroporto na tentativa de encarar o Dr Filipe Nogueira. Queria perguntar-lhe porque ele havia envolvido alguém tão bom, e tão puro, como Sofia na prostituição. E como Sofia, outras tantas jovens que apenas tinham o intuito de estudarem e de serem alguém na vida. Mas Júlia não deixa Rafael sair de asa. Convence- lhe que é preferível esperar pelo amanhecer e, com a cabeça mais fria, então tentar saber mais alguma coisa sobre o assunto. E convence-lhe a irem dormir.

*

A PJ telefonou para a *Scoland Yard*, que por sua vez comunicou com a *Interpol*, que se encontrava na altura em Lisboa, para começarem a tratar da extradição dos mesmos para Inglaterra uma vez que já tinham sido cometidos muitos crimes envolvendo prostituição e tráfico de pessoas a nível internacional, e como foi a *Interpol* a começar a investigação de todo esse processo, eles deverão ser julgados em Inglaterra e depois serão extraditados para Espanha. Alguns dias depois, toda a rede fora desmantelada e o

Dr Filipe foi preso, apanhando 10 anos de cadeia, e *Ramon* e *Juanita* apanharam 12 anos de cadeia cada um, e o tal de Barbosa e o seu sócio, do bar de alterne, 18 anos de cadeia. Era assim desmantelada uma das maiores redes de prostituição e de tráfico de pessoas da Europa. Rafael sentia que tinha sido feita justiça e que Sofia podia finalmente descansar em paz. E ele podia respirar. Finalmente podia ser feliz. E viver em paz... E decide viver ao lado de Júlia pois, desde o princípio, ela acreditou sempre ser possível aquele amor e tudo fez para que esse mesmo amor fosse não só possível, como se tornasse uma feliz realidade na vida dos dois. Ela, mais do que ninguém, merecia ficar com ele. E meses se passaram, até que nunca mais se ouviu falar dos dois. Andam longe daqui... Há quem diga que casaram e que partiram para longe para nunca mais voltarem. E que tiveram uma filha a que deram o nome de Sofia para que nunca se esquecessem de como o destino lhes juntou. Não sei se é verdade. O vento é que me contou...

*

Mais alguns meses se passaram até que, por fim, se veio a saber que se tinham mudado de malas e bagagens para os Açores. Instalaram-se numa freguesia no interior da ilha de São Miguel e lá viveram o resto de seus dias... Sofia, já com doze anos, perguntou ao pai como tinha conhecido a mãe.

- Queres mesmo saber?...

- Sim, pai, quero...

*- Então, o pai vai te contar uma história. Chama-se **"Libertei-me por Amor...".***

Essa é a história do pai e da mãe...

Fim

Zeca Soares

Livros

"Essência perdida" - (Poesia - Edição de autor e 2ª Edição Amazon - USA)

"Lágrimas de um poeta" - (Poesia - Edição de autor e 2ª Edição Amazon - USA)

"Alma ferida" - (Poesia - Edição de autor e 2ª edição Amazon - USA)

"Ribeira Grande... Se o teu passado falasse" - (Pesquisa histórica - Edição de autor)

"Diário de um homem esquecido" - (Prosa - Editora Ottoni - São Paulo - Brasil e 2ª Edição Amazon - USA)

"Numa Pausa do meu silêncio" - (Poesia - Edição de autor e 2ª edição Amazon - USA)

"Libertei-me por Amor" - (Romance - Papiro Editora - Porto, e Amazon - USA)

"A Promessa" - (Romance - Edições Speed - Lisboa, Edições Euedito - Seixal e Amazon - USA)

"Mensagens do meu Eu Superior" - (Esotérico/Espiritual - Amazon - USA)

"Amei-te, sabias?" - (Romance - Amazon - USA)

"Quase que te Amo" - (Romance - Amazon - USA)

"Tão perto, tão longe" - (Romance - Amazon - USA)

"Para Sempre" - (*"Mensagens do meu Eu Superior 2"*) - (Esotérico/Espiritual - Amazon - USA)

"Carpe Diem" - (*"Mensagens do meu Eu Superior 3"*) - Esotérico/Espiritual - Amazon - USA)

"O Escriba" - ("Poesia" - Amazon - USA)

" O Céu não fica aqui..." - (Romance - Amazon - USA)

"Ascensão Planetária - Operação Resgate" - (*"Mensagens do meu Eu Superior 4"*) - Esotérico/Espiritual - Amazon - USA)

"Evolução Planetária - Salto Quântico" - (*"Mensagens do meu Eu Superior 5"*) - Esotérico/Espiritual - Amazon - USA)

"Conheci um Anjo..." - (Romance - Amazon - USA)

"Eu tive um sonho" - (Romance - Amazon - USA)

"O livro que nunca quis" - (Romance - Amazon - USA)

"Já posso partir..." - (Romance - Amazon - E.U.A.)

"Quem és tu?..." - (Romance - Amazon - E.U.A.)

Outros livros a sair, muito em breve, nos Estados Unidos:

"Não me esqueças" - (Romance - Amazon - E.U.A.)

"Perdoa-me…" - (Romance - Amazon - E.U.A.)

"A rapariga inesquecível" - (Romance - Amazon - E.U.A.)

"O Comando Ashtar" - (*"Mensagens do meu Eu Superior 6"*)

"A Fraternidade Branca" - (*"Mensagens do meu Eu Superior 7"*)

Colectâneas

"Poiesis Vol X" - (Editorial Minerva - 57 autores)

"Poiesis Vol XI" - (Editorial Minerva - 67 autores)

"Verbum - Contos e Poesia" - (Editorial Minerva - 20 autores - Os Melhores 20 Poetas de Portugal)

" I Antologia dos Escritores do Portal CEN" - Os melhores 40 Poetas Portugal/Brasil - Edições LPB - São Paulo - Brasil)

"Roda Mundo - Roda Gigante 2004" - (Os melhores 40 Poetas do Mundo, que foram apurados do *3º Festival Mundial de Poesia* em S. Paulo, em que Zeca Soares representa sozinho Portugal nessa colectânea - Editora Ottoni e Editora Sol Vermelho -

SP - Brasil. Colectânea bilingue distribuída por 43 países - (os países de origem dos poetas vencedores)

"Agenda Cultural Movimiento Poetas del Mundo 2015" - (Colectânea Internacional de Poesia em que engloba alguns dos melhores poetas do mundo - Apostrophes Ediciones - Chile 2015)

"Tempo Mágico" - Colectânea Nacional de Poesia e Prosa Poética, que engloba alguns dos melhores Poetas e Prosadores do país da Sinapis Editores

"Entre o Sono e o Sonho" (Vol VI) - Antologia de Poesia Contemporânea com alguns dos melhores Poetas de Portugal - Chiado Editora - Lisboa

Concursos

- **Concurso Nacional de Pesquisa História**. Zeca Soares concorreu com o seu livro *"Ribeira Grande... Se o teu passado falasse..."*, na corrida ao *Prémio Gaspar Fructuoso*, com o seu livro de 660 páginas de História da cidade da Ribeira Grande, em que arrecadou o 4º lugar)

- **Concurso Nacional de Guionismo** - (Inatel)

- **Concurso "Melhor Guionista Português"** - (Lisboa)

- **Concurso Nacional de Poesia Cidade de Almada Poesia 2003**

- **Concurso Nacional de Poesia Manuel Maria Barbosa du Bocage** - (Setúbal 2003)

- **Concurso Internacional de Poesia Livre** na corrida ao *Prémio Célito Medeiros* - (SP - Brasil)

- **Concurso Internacional de Poesia Pablo Neruda** - (SP - Brasil)

- **Concurso Internacional de Literatura da Tapera Produções Culturais** - (SP - Brasil)

- **IX Concurso Internacional Francisco Igreja** - (SP - Brasil)

- **V Concurso Literário do Grande Livro da Sociedade dos Poetas Pensantes** - (SP - Brasil)

- **3º Festival Mundial de Poesia** - (SP - Brasil 2004)

- **4º Festival Mundial de Poesia** - (Chile 2005)

- **Concurso Nacional "Meu 1º Best Seller"** - Edições ASA - Zeca Soares concorreu com o seu romance *"Libertei-me por Amor..."* ficando nos primeiros 10 finalistas entre mais de 2000 Romances de todo o país.

- **Concurso Prémio Literário Miguel Torga** - Concorreu com o romance *"A Promessa"*

- **Amazon Breaktrough Novel Award 2004** - Entre mais de 10 mil Escritores de todo o Mundo, Zeca Soares passou aos quartos-de-final com o seu romance *"A Promessa"*

Made in the USA
Columbia, SC
01 November 2022

70291531R00072